„Das muss sich einer ausgedacht haben…"

Die beste Soap ist das Leben.

AF163452

„…hier ist es wie in einer Soap."

*Das wahre Leben bietet
die schönste Unterhaltung.*

Christopher Morgen

„Das muss sich einer ausgedacht haben…"

Das Leben als Bühne für die besten Geschichten.

Christopher Morgen

Die Deutsche Nationalbibliothek verzeichnet diese Publikation in der Deutschen Nationalbibliografie; detaillierte bibliografische Daten sind im Internet über http://dnb.dnb.de abrufbar.

© 2016 Christopher Morgen

Illustration: Christopher Morgen

Herstellung und Verlag: BoD – Books on Demand, Norderstedt

ISBN: 9-783-743-141-865

Inhaltsverzeichnis:

Vorwort

Teil 1

Kapitel 1	Seiten 005 – 011
Kapitel 2	Seiten 012 – 017
Kapitel 3	Seiten 018 – 025
Kapitel 4	Seiten 026 – 033
Kapitel 5	Seiten 034 – 039

Teil 2

Kapitel 1	Seiten 040 – 045
Kapitel 2	Seiten 046 – 051
Kapitel 3	Seiten 052 – 057
Kapitel 4	Seiten 058 – 063
Kapitel 5	Seiten 064 – 068

Teil 3

Kapitel 1	**Seiten 069 – 074**
Kapitel 2	**Seiten 075 – 079**
Kapitel 3	**Seiten 080 – 085**
Kapitel 4	**Seiten 086 – 090**
Kapitel 5	**Seiten 091 – 096**

Teil 4

Kapitel 1	**Seiten 097 – 101**
Kapitel 2	**Seiten 102 – 106**
Kapitel 3	**Seiten 107 – 111**
Kapitel 4	**Seiten 112 – 117**
Kapitel 5	**Seiten 118 – 120**

Teil 5

Kapitel 1	**Seiten 121 – 127**
Kapitel 2	**Seiten 128 – 132**
Kapitel 3	**Seiten 133 – 138**
Kapitel 4	**Seiten 139 – 142**
Kapitel 5	**Seiten 143 – 147**

Teil 6

Kapitel 1	**Seiten 148 – 153**
Kapitel 2	**Seiten 154 – 156**
Kapitel 3	**Seiten 157 – 161**
Kapitel 4	**Seiten 162 – 168**
Kapitel 5	**Seiten 169 – 173**

Teil 7

Kapitel 1	**Seiten 174 – 178**
Kapitel 2	**Seiten 179 – 183**
Kapitel 3	**Seiten 184 – 189**
Kapitel 4	**Seiten 190 – 194**
Kapitel 5	**Seiten 195 – 199**

Teil 8

Kapitel 1	**Seiten 200 – 205**
Kapitel 2	**Seiten 206 – 210**
Kapitel 3	**Seiten 211 – 214**
Kapitel 4	**Seiten 215 – 218**
Kapitel 5	**Seiten 219 – 224**

Vorwort

Können Sie sich vorstellen was in einem Fitnessstudio alles passiert? Wie die Menschen, jeder mit seinen ganz eigenen persönlichen Geschichten, untereinander umgehen und was sich für Beziehungen entwickeln?
Früher habe ich dem Ganzen kaum Beachtung geschenkt. Für mich waren die anderen einfach nur Freizeitsportler und mehr nicht. Sicherlich gab es auch interessante Persönlichkeiten und nette Unterhaltungen. Aber es ging kaum über eine oberflächliche und flüchtige Bekanntschaft hinaus.
Seit einigen Jahren arbeite ich als Leiter in einem Studio und erlebe die Mitglieder ganz anders. Ich lernte faszinierende Lebensgeschichten von den Leuten kennen. Ich beobachtete Menschen die ihr Umfeld mit fast beeindruckender Raffinesse getäuscht haben, nur um eine andere Rolle zu spielen. Schicksale mancher Personen haben mich so berührt, dass ich einige Haltungen in meinem Leben neu bewertet habe.
Neben diesen inspirierenden Eindrücken habe ich Affären und Beziehungen kommen und gehen sehen. Freundschaften haben sich entwickelt und sind auf tragische Weise gebrochen. Menschen, bei denen ich niemals auch nur annähernd eine Verbindung vermutet hätte, sind sich näher gekommen und führen ein fast schon dreistes Parallelleben im Studio.
All diese Eindrücke und Erfahrungen haben mich zu diesem Buch inspiriert. Erleben Sie die Geschichten des Lebens aus

der Sicht des Trainers. Meine Eindrücke schufen die Anregung Ihnen Ereignisse zu vermitteln die unterhaltsam sind und auch zum Nachdenken anregen werden.

Erleben Sie vielseitige Einblicke in den Alltag im Fitnessstudio und lernen Sie inspirierende Lebensgeschichten kennen.

Viel Spaß dabei.

Mein erstes Mal

Es ist vor 6 Jahren gewesen. An einem Montag sah ich meine neue Arbeitsstelle das erste Mal. Ich war schon eine Weile in dem Unternehmen, allerding in einem anderen der vier Studios. Dann kam der Tag, an welchem ich die Leitung dieser Filiale übernehmen sollte.
Der erste Eindruck ist gleich sehr positiv gewesen. Ich bin ein naturverbundener Mensch und mag das Ländliche. Genau das hat mir auch an diesem Studio zugesagt. Es liegt am Randbereich einer 600.000 Einwohner Stadt. Somit ist die Lage ruhig, allerdings nicht zu abgelegen. Eine sehr gute Mischung.
Vor dem Studio ist ein mittelgroßer und überschaubarer Parkplatz mit liebevoll gepflegten Grünanlagen. Das wirkt richtig freundlich und einladend, eben natürlich.
Der Eingangsbereich ist bodeneben und komplett mit einer Glasfront versehen. Tageslicht! Wie schön das doch ist.

Nicht so wie viele andere „Bunker", welche keinen Sonnenstrahl auch nur in die Nähe der Menschen lassen.

Ebenfalls auf bodenebener Höhe ist die Trainingsfläche. Viele Fenster sorgen auch hier für angenehmes Tageslicht und Frischluft. Wieder etwas Wunderbares für ein schönes Feeling. Die Fläche ist teilweise recht verwinkelt, was für einen ganz eigenen Charakter spricht. Es ist nicht die typische Trainingsfläche. Durch diese individuelle Form entstehen viele kleine offene Räume, die eine Art Vertrautheit und Geborgenheit ausstrahlen. Eine ideale Fläche für intime Gespräche.
Ich denke heute, dass gerade diese besondere Form der vertrauten Umgebung zu den tiefen zwischenpersönlichen Beziehungen hier führt. Denn ein solches Einlassen aufeinander habe ich in anderen Studios noch nicht beobachten können.
Im Kellergeschoß finde ich die Umkleiden und auch unsere Sauna. Die Sauna ist eher klein und bietet für vielleicht 6 Personen Platz. Natürlich können sich auch mehr Menschen da rein zwängen. Aber mit Entspannung ist dann nicht mehr viel. Im Ruheraum sollten es dann auch nicht mehr als 10 sein. „Ein schöner Ort zum zurückziehen" dachte ich mit und ich sollte recht behalten.
Auch eine Solariumkabine fand ich vor. Ein kleiner Raum, welcher aber seinen Zweck erfüllt.
Zum Ende hin habe ich noch den Gymnastikraum bewundert. Der Eingang ist mit einer Holzfassade versehen. Die Fläche des Trainers ist ebenfalls schick mit Holzbalken

verziert. Der Raum ist groß und hat eine besondere Form. Einen ganz eigenen Charakter würde ich sagen. Ich habe mich sofort sehr wohl darin gefühlt.
Mit den verschiedensten Geräten treiben hier die Leute alle möglichen Formen des Sports, eben nur als Gruppentraining.
Im Ganzen war und ist das Studio wirklich schick eingerichtet und schön sauber. Das ist nicht immer der Fall, da gute Reinigungskräfte wirklich sehr schwer zu finden sind.
Ich ließ mir dann noch die Technik zeigen. Von den Hauptsicherungen und der Wasserversorgung bis hin zu den Heizungsinstallationen und der Verlegung des Außenstroms. Es ist eine alte Immobilie, weshalb sich immer wieder diverse Defekte einstellen. Da muss man schon wissen wo alles zu finden ist.

Seit dieser Zeit sind einige Jahre vergangen und ich lernte die Leute kennen. Viele Menschen kamen und gingen. Egal welchen Beruf, Status oder Bestimmung diese Leute hatten und haben. Es waren lustige und beängstigende Erlebnisse. Aber sie hatten alle eins gemeinsam. Sie waren überraschend und inspirierend.

Lassen Sie mich davon erzählen.

Viel Spaß dabei.

Teil 1

Kapitel 1

Das neue Jahr beginnt und die guten Vorsätze sind hoch gesteckt. Wie jeden Januar ist das Studio auch dieses Jahr wieder sehr gut gefüllt. Wahrscheinlich sind es die üppigen Feiertage, die fehlende Bewegung an der frischen Luft und diverse Weihnachtsgeschenke, welche die Leute zu jedem neuen Jahresbeginn sportlich so animieren.
Mit Geschenken meine ich Trainingstagebücher, Ernährungsratgeber, Geräte für den Heimbetrieb oder diverse Fitnessvideos. Die Menschen fassen solche Geschenke ganz verschieden auf. Manche reagieren eher gereizt auf ein Diätbuch. Andere hinterfragen sich tiefgreifend beim Auspacken des neuen Trainingsratgebers für einen schönen Bauch. Oder der Beschenkte überspielt seine Verlegenheit mit seltsamen Humor und fragwürdigen Witzen.
Wie es sich auch darstellt, das Resultat ist fast immer gleich. Mit dem Jahresbeginn starten die sportliche Aktivität, die bessere Ernährung und natürlich auch ein rundum gesundes Leben.
Und es beginnt das große Schauspiel in unserem Studio. Bis vor einigen Jahren war es in den Wintermonaten im Studio kaum auszuhalten. Wie Schüler nach den Sommerferien

irrten die Leute in Massen aufgeregt über die Trainingsfläche. Immer auf der Suche nach alten bekannten Gesichtern und nach interessantem Klatsch und Tratsch. Das suchen sie heute zwar noch immer, jedoch weitaus kultivierter und überschaubarer.
Belustigend ist diese Phase des Sturm und Dranges für die Mitglieder, welche das ganze Jahr über eisern beim Training bleiben.

Der Rettungsschwimmer
Es ist zu jedem Jahresbeginn das Gleiche. Zielloser Small Talk über die vergangenen Feiertage, das verbrachte Silvester und die guten Vorsätze. Ich glaube manche Leute versuchen ihre Ziele zu erreichen indem sie über Sport, oder zumindest in einer sportlichen Einrichtung, reden.

So fragt mich ein Kunde, welcher seit 8 Monaten nicht in der Anlage gewesen ist, nach speziellen Übungen für den unteren Brustanteil. Verstehen Sie mich nicht falsch. Ich freue mich über jegliche sportliche Interessen – eine tolle Abwechslung zu dem nichtssagenden Small Talk der letzten 2 Stunden. Aber wenn ein Mann, Ende 20 und ziemlich „flauschig" geworden, mich nach solchen speziellen Dingen fragt, dann muss ich einfach schmunzeln. Das ist so als würde sich ein ewiger Single über das ideale Geschenk für die Partnerin zum zehnten Hochzeitstag informieren. Er soll doch generell erstmal wieder zum Sport kommen und versuchen eine körperliche Grundlage zu schaffen. Und mal

schauen ob er über diese eine Trainingseinheit heute hinaus auch ein paar weitere vollbringen kann.
Hätte er diese Frage unserem Markus Feiner gestellt, er hätte nur gelacht und mit seinen scharfen, teilweise erniedrigenden, Witzeleien gekontert. Es ist am frühen Abend und Markus betritt die Anlage.
Er ist recht groß gebaut, ich schätze ungefähr 190 cm. Markus ist einer der wenigen, welche das gesamte Jahr über zum Training kommen. Natürlich sieht man es ihm auch an. Er hat einen athletischen Körperbau, nicht zu übertrieben, breite Schultern und einen guten Bauch. Mit seinen 41 Jahren macht er einen sehr fitten und gesunden Eindruck. Die gebräunte Haut lässt an Urlaub und Entspannung erinnern. Mit seiner Glatze, sie steht ihm sehr gut, zieht er die Aufmerksamkeit vieler Frauen auf sich, was er natürlich ungemein genießt. Er wirkt so ein wenig unnahbar.
Markus ist von Beruf Rettungsschwimmer und somit für Freibäder im Sommer und Erlebnis- und Schwimmbäder im Winter zuständig. Gespräche mit ihm sind oft recht unterhaltsam. Was er in den Bädern erlebt unterscheidet sich nicht wesentlich von meinen Erfahrungen im Studio. Nur dass die Leute hier etwas mehr Kleidung tragen.
Nach einem kurzen informationsfreien Plausch mit ihm geht er Richtung Treppe, welche hinunter zu den Umkleiden führt. Dafür muss er ein Stück über die Trainingsfläche gehen. Und schon sieht er eines unserer neuen Mitglieder.

Während er schon viele Jahre zu uns kommt und sich heimisch fühlt ist Kerstin Leipnitz heute erst das dritte Mal da. Er sieht sie und bleibt auffällig stehen. Sie sieht ihn erst nicht. Doch sein fixierender Blick bleibt nicht lange unbemerkt.
Sie trainiert gerade auf dem Crosstrainer und blickt zu ihm rüber. Es laufen immer mal Menschen durch das Sichtfeld und einige Geräte stehen auch zwischen beiden. Aber die Augen treffen sich und er lächelt sie mit seinem sympathischen Grinsen an. Ein besonderer Moment, so scheint es. Beide wirken losgelöst vom Umfeld und sind vertieft in diesen Augenblick. Nach wenigen Sekunden geht er erstmal weiter in die Umkleide.

Die Neue
Kerstin Leipnitz ist eine echte Augenweide für die Männerwelt. Sie hat ein sehr hübsches Gesicht und schöne gesunde Haare mit blonden Strähnen. Ich habe sie angemeldet und als ich ihr Alter erfuhr, sie ist 48 Jahre, konnte ich es nicht glauben. Geschätzt habe ich sie auf Anfang 30, wenn überhaupt. Sie hat ein sehr warmes Lächeln und eine beruhigende Ausstrahlung.
Kerstin hat so eine Art an sich, dass man ihr gleich vertrauen möchte und sich sehr wohl und geborgen fühlt. Vielleicht hat sie sich diese Wirkung während der Arbeit als Kindergärtnerin angeeignet.
Sie erzählt viel von ihrer Katze, welche bereits 20 Jahre alt ist. Wie oft sie mit ihr zum Tierarzt geht und wie sie sich um sie kümmert. Bei mir haben solche tierlieben Menschen

immer einen Stein im Brett. So ist Kerstin eben einfach eine sehr positive Persönlichkeit.
Ihr Hauptziel ist Gewichtsreduktion. Sicherlich hat sie ein paar kleine Stellen, welche bemängelt werden könnten. Allerdings hätte ich ihr nie ernsthaft unterstellt, dass sie abnehmen möchte. Aber ich habe mit der Zeit gelernt, dass die Selbstwahrnehmung der Mitglieder stark zu meiner Wahrnehmung differiert.
Sei es im Freundeskreis, der Partnerschaft oder eben hier auf Arbeit – es ist immer das Gleiche. Die Menschen nehmen sich selbst viel kritischer wahr als es das Umfeld tut.
Maßgeblich für das Wohlbefinden ist und bleibt jedoch die Selbstwahrnehmung einer Person. Denn wie sagt man so schön: „Du machst das für dich und nicht für die anderen!". Also unterstütze ich sie natürlich in ihren Belangen, unabhängig von meinen Empfindungen. Solange kein krankhaftes Verhalten erkennbar ist, ist das Verfolgen eines selbstgesteckten Zieles auch etwas sehr Gutes.

Wenn wir gerade einmal bei Selbstwahrnehmung sind. Im Kontext des Abnehmens mache ich immer wieder die gleiche eigenartige Beobachtung. Ich erlebe Menschen, welche wirklich stark übergewichtig sind. Sie kommen her und geben an:
„Ich will nur etwas Bewegung."
„Ich will etwas gegen Rückenschmerzen machen."
„Ich möchte etwas Ausdauer machen."
…

Natürlich weiß ich aus Erfahrung, dass diese Menschen, zumindest größtenteils, erst einmal abnehmen sollten. Im Grunde müssen sie abnehmen, da sonst jegliche gesundheitsambitionierte Bewegung vollkommen sinnfrei ist. Aber warum geben diese Leute es viel seltener zu als schlanke Menschen mit kleinen Problemzonen? Oder realisieren sie überhaupt noch, dass sie übergewichtig sind?

Im Kundenkontakt ist Sensibilität sehr wichtig. Ich kann keiner fremden Person sagen:
„Sie möchten sicherlich abnehmen!"
Das wäre unhöflich und außerdem kenne ich die gesundheitlichen Hintergründe nur ungenügend. Diese Aussage muss schon von den Mitgliedern selbst kommen. Es ist oft recht schwierig die Leute dazu, hin zur Wahrheit, zu bewegen.

Bodenständig – im ersten Eindruck
Ganz anders ist da Tanja Erder. Auch sie ist Ende 40 und hat allerdings einen sehr positiven Bezug zu ihrem Körper. Sie nörgelt nicht daran rum, kleidet sich schick und reizvoll und macht ein sehr gutes Training. Einige Jahre treibt sie ihren Sport bereits bei uns. Ihr Mann ist ebenfalls Mitglied in unserer Anlage. Aber kaum jemand kennt ihn. Man sieht ihn eben zu selten.
Tanja ist auch eine der Personen, welche das ganze Jahr über kontinuierlich beim Sport sind. Zwei oder drei Mal pro Woche geht sie für ungefähr eine Stunde an die Geräte.

In Gesprächen zeigt sie eine sehr reizvolle Bodenständigkeit und ein angenehmes Selbstvertrauen. Ich denke viele Männer schätzen gerade so etwas bei Frauen. Eine selbstbewusste Ausstrahlung ist einfach reizvoller als ein ganz korrektes Gewicht.
Allerdings kann sie auch nicht klagen. Sie zeigte mir mal ihren Bauch beim Pulsgurtanlegen. Ein athletischer und anregender Anblick. Ich sah die Konturen der Bauchmuskeln sehr gut. Sie ist jedoch nicht zu übertrieben dünn, was meistens nicht mehr gut aussieht. Es ist eine ideale Mischung bei ihr. Man möchte nicht glauben, dass sie schon 2 Kinder bekommen hat.

Es ist mittlerweile später am Abend und die Trainingsfläche lichtet sich. Markus hat das Studio schon längst wieder verlassen und der Rest der Mitglieder verschwindet ebenfalls in die angenehme winterliche Nacht.
Ich habe heute einige Mitglieder gesehen, welche fast in Vergessenheit geraten sind. Schön dass sie sich wieder zum Training aufraffen konnten. Hoffentlich hält es diesmal länger als ein paar Wochen an.

Kapitel 2

Es ist Dienstag und ich habe Frühdienst. Die Mitglieder zu diesen Diensten sind recht ruhig und angenehm. Das Durchschnittsalter steigt rapide an. Ein paar Schichtarbeiter sind noch anzutreffen und manchmal Schüler welche „Freistunden" haben. Wer keine Arbeit hat oder lediglich frei von Arbeit versucht nicht gleich zur Eröffnung zu kommen. Denn da ist es ziemlich voll.
Viele unserer Rentner stehen schon vor dem Öffnen an der Tür, damit das Training „um Gottes Willen" pünktlich beginnen kann. Mitunter warten die Leute 20 Minuten am Eingang. Bevor ich öffne! Irgendwie ist es lustig, verwunderlich, man kann auch ehrgeizig sagen – ich weiß es nicht. Wir rätseln immer wieder darüber warum die Leute so zeitig „Schlange stehen". Zumal wir konsequent zur gleichen Zeit öffnen und keine Minute früher. Würde man sich den ungeduldigen Blicken, dem Klopfen an die Tür und dem Andeuten der Uhrzeit hingeben und früher öffnen, dann hätte man ein Problem. Die Kunden würden ab sofort immer wieder auf früheres Öffnen pochen und einfach noch zeitiger da sein.
So ist es eben. Aber dennoch ist das Klima früh außerordentlich gut. Es entstehen viele Unterhaltungen und sehr gesellige Gruppen. Nur der Geräuschpegel der Gespräche ist, teilweise aufgrund der mangelnden Hörfähigkeit, mitunter recht intensiv. Auch wenn die Themen manchmal extrem befremdlich sind und sich nicht selten um die körperliche Verarbeitung der letzten Mahlzeit

und dem Gesamtzustand des Organtraktes drehen, so ist die Offenheit und Ehrlichkeit untereinander sehr auffallend. Während unser junges Publikum versucht sich gegenseitig mit Geschichten zu übertrumpfen und darzustellen, so tauscht die ältere Generation auf unterhaltsame Weise Erfahrungen aus. Sie reden um zu vermitteln und zu genießen. Die jüngere Generation redet primär aus Gründen der Eigenwerbung.

Ein seltsamer Typ
Eine besonders extravagante Art der Eigenwerbung betreibt unser Tom Frick. Er ist schon länger als 1 Jahr Mitglied und „befreundet" mit Anton Beyer, Torsten Reinhard und Marcel Sembe.
Tom hat die typische Opferrolle in einer größeren Gemeinschaft. Jede Gruppe hat jemand in den Reihen der verbal oft einstecken muss. Das auffällige in dieser Gruppe ist jedoch, dass sich die verbalen Attacken immer gegen den gerade Abwesenden richten. Man könnte es als sehr humane Art des Stichelns bezeichnen, da der Betroffene ja wenigstens nichts davon mitbekommt. Tom Frick ist allerdings immer das Hauptziel. Und er ist der einzige, der die Sticheleien und Lästereien ab und zu direkt gesagt bekommt. Offenheit ist gut. Aber in dem Fall auch?

Vielleicht hat er diesen Zustand auch teilweise selbst verschuldet?
Ich finde es gut, wenn mich Kunden fragen:
„Sag mal, siehst du meinen Trainingserfolg?".

Solche Fragen erfordern Mut und zeugen von Vertrauen. Tom hingegen kommt mit seinem unsymmetrischen Grinsen zu mir, kratzt sich mit seinem rechten Arm am Hinterkopf, so dass der Ellenbogen seitlich weit vom Kopf absteht. Seine Hand kann sich kaum bewegen, da er den Arm ziemlich gezielt versucht anzuspannen. In dieser sehr beklemmenden und erkennbar unbequemen Haltung steht dieser 168 cm große Kerl nun da und deutet auf seinen Oberarm. Er kratzt sich eine Weile. Irgendwann kommt die große Frage:
„Mein Bizeps ist schon gut geworden, oder?"
Er ist wie der Porsche-Fahrer, der seinen Autoschlüssel immer auffällig vor sich auf den Tisch legen muss. Tom wäre dann der Typ, der den Schlüssel des Porsches auf den Tisch legt und dann draußen in die Bahn steigt. Jetzt verstehe ich langsam die Ursachen seiner Rolle in der Gruppe.
Heut trainiert er alleine und schaut oft in den Spiegel. Es ist amüsant zu beobachten. Aber ich muss sagen, dass er ein lieber Kerl ist. Nicht aufmüpfig, sorgt immer wieder für Lacher und hat sein Leben im Griff. Ich glaube er ist im zweiten Ausbildungsjahr zum Mechatroniker.
Ich beobachte schon eine Weile wie er sich mit Steffen Krimm unterhält. Da hat er ja einen tollen Zuhörer gefunden.

Bla Bla Bla
Steffen Krimm ist der wohl bekannteste Gesprächspartner des Studios. Sein Small Talk ist gefürchtet und sein

Erscheinen Gift für ernsthaftes Training. So viel Gerede um so wenig Inhalt ist legendär. Noch beeindruckender jedoch sind seine Kontaktaufnahmen.

Sie müssen Folgendes wissen: Steffen Krimm will alles über jeden hören. Er ist Mitte 40 und labert wie eine dieser Promiexpertinnen im Fernsehen: belanglos, ziellos, unwichtig und umfangreich.

Einmal wurde ich Ziel seiner verbalen Ergüsse. Ich stand an der Theke und neben mir die große Glasfassade mit Blick auf den Parkplatz und das seichte Grün vor dem Studio. Die Sonnenstrahlen erhellten den Boden und reflektieren in der Scheibe. Steffen Krimm kam vor zu mir und stellte die wundersame Frage:

„Regnet es?"

Darauf ich: „Bitte was?"

Steffen Krimm: „Na, regnet's?"

Ich: „Hier siehst du das Fenster? Schau mal durch! Ich habe die gleichen Informationen wie du."

Steffen Krimm: „Na kann ja sein. Sie haben angesagt dass es Nachmittag regnet." (Es war gegen 10:00 Uhr Vormittag)

Mir war klar, dass er nur reden wollte. Aber ein wenig sollte man auch bei belanglosen Unterhaltungen auf den Inhalt achten. Er hatte diesen Wink, so glaube ich, nicht verstanden. Zumindest höre ich die Frage manchmal heute noch von ihm.

Steffen ist ungefähr 2-3 Stunden an 3 Tagen pro Woche im Studio. Dass er, trotz des Zeitaufwandes, noch immer so

pummelig ist, liegt wahrscheinlich an dem primären Gerede.
Gut kommt Steffen mit unserer Gudrun Stein zurecht. Da haben sich zwei gefunden. Obwohl die Unterhaltungen bei den beiden nicht so lange gehen wie man vermuten würde.

Das Gewicht
Gudrun ist eine etwas korpulente Frau, die eine der ungeduldigen Kandidaten in der Frühe ist. Prinzipiell steht sie nämlich mindestens 10 Minuten vor der Öffnungszeit am Eingang.
Die 56-jährige Hausfrau hat ihr Leben der Versorgung ihres gesunden Mannes verschrieben.
Einmal rief er an und sie musste sofort nach Hause.
„Mein Mann hat Hunger!" sagte sie.
Das ist nicht übertrieben. Sie muss ihm täglich sämtliche Mahlzeiten zubereiten und er pfeift sie dafür sogar nach Hause.
„Ich kann nicht kohlenhydratarm essen. Meinem Mann schmeckt das nicht." War ihre Antwort auf unsere Ernährungsberatung hin.
Gudrun Stein möchte und muss abnehmen. Neben der Ästhetik wäre es auch gesundheitlich sehr wichtig für sie. Seit ungefähr 3 Jahren erzählen wir ihr das bereits. Sie trinkt zu wenig, isst zu viel und zu fettig. Aber ihr Mann möchte gern so weiter essen. Deshalb bleibt eben doch alles so wie es ist.

Allerdings ist sie eine nette Person. Sie fragt viel und hört bei den Antworten überhaupt nicht zu. Aber ihr Interesse ist zumindest höflich.

Trainingsweltmeister
Der morgendliche Tumult im Studio hat sich gelegt und kurz nach dem Mittag kommt Mark Schichtler. Er ist Ende 30 und hat ein ganz eigenes Wesen. Grundsätzlich ist er ziemlich schnell beleidigt und schmollt. Er schmollt wirklich. Mit meiner Kollegin hat er schon einmal 5 Tage lang nicht geredet, weil sie ihn im Kurs korrigiert hat. Er war beleidigt.
5 Tage sind enorm viel bei Mark, da er täglich ins Studio kommt. Ich habe mir einmal die Anzahl der Anmeldungen von ihm letztes Jahr angesehen. Insgesamt ist er 341 mal dagewesen. Zum Vergleich - ich bin 261 Tage dagewesen. Und ich arbeite hier! Vollzeit!

Hinzu kommt seine etwas spezielle Körperstruktur. Er hat richtig Kraft und Power, das muss man ihm lassen. Aber sein Erscheinungsbild ist mit den enorm muskulösen Beinen, dem schmaleren Oberkörper und dem wiederum leichten Bierbauch (er trinkt aber kein Alkohol) recht besonders.
Aber er ist sehr rücksichtsvoll und sehr bemüht um Kontakte im Studio. Wir wünschen ihm alle seine baldige erste Freundin.

So vergeht nun auch die letzte Stunde meines Dienstes und ich kann später noch den Nachmittag genießen.

Kapitel 3

Es ist 15 Uhr als ich meine Spätschicht beginne. Heute Abend sind wir zwei Trainer da das Studio zu dieser Zeit und in den Wintermonaten in der Regel sehr gut besucht ist. Die Trainingsfläche ist aber noch angenehm überschaubar. Einige Geräte sind immer frei und die Mitglieder haben auch genug Platz. Es fühlt sich ähnlich wie in einem gut besuchten Restaurant an. Überall hört man Gespräche, aber die Menschen stehen sich nicht im Weg rum.
Es ist amüsant zu sehen wie einige Personen versuchen bei Unterhaltungen zu lauschen. Bei manchen Schlagwörtern wird fast jeder mehr oder weniger hellhörig. Besonders ist das bei Begriffen aus der sexuellen Richtung der Fall. So sehe ich zum Beispiel eine Unterhaltung zwischen Jaqueline Mirelli und Markus Steiner. Sie erinnern sich sicherlich an Markus, den athletischen Rettungsschwimmer?
Die beiden unterhalten sich angeregt und intensiv. Es geht über den alltäglichen Small Talk deutlich hinaus. Und dies erkennt man besonders an den Menschen in unmittelbarer Nähe. Wenn beispielsweise ein Mitglied sehr ruhig vor sich hinstarrend auf einem Gerät sitzt und sich minutenlang nicht rührt, bei geöffneten Augen, dann ist es entweder tief in Gedanken versunken oder versucht zu lauschen. Meist verrät der Gesichtsausdruck dann Genaueres. Und was das Mitglied da hört scheint extrem interessant zu sein.

Die Maklerin

Jaqueline Mirelli ist gut trainiert, schon ein knappes Jahr bei uns und knapp 1,80m groß. Als Maklerin versteht sie es genau auf Menschen einzugehen und sich auf die gleiche Wellenlänge zu begeben. Durch ihre früheren Model-erfahrungen kann sie sich gut in Szene setzen. Allerdings finde ich diesen übertrieben reizvollen Laufstil hier irgendwie deplatziert. Es wirkt sehr gekünstelt.

Anders als die Frau von Markus Feiner, was Maria Feiner ist, ist Jaqueline kaum geschminkt. Sie hat das natürliche Etwas.

Besonders markant an ihr ist jedoch die Stimme. Diese hat einen unwahrscheinlich anstrengenden Klang und ist auf Dauer sehr irritierend. Es ist eigentlich schade, denn sie hat Köpfchen und oft auch Interessantes zu berichten. Nur ist die Gesprächsakustik ein wesentliches Störelement.

Als Ganzes ist sie vielleicht mit Kreide und einer Tafel vergleichbar. Jemand schreibt ergreifend schöne Zeilen nieder, die sich toll lesen lassen. Die Kreide quietscht dabei derart dramatisch, dass sich ihr ganzer Körper schüttelt. Sie wollen hinschauen, die Texte erfassen. Und ihr Körper kämpft gegen diese arkustische Misshandlung.

Das schöne an Jaqueline ist, dass sie gern zuhört. Sie erzählt kaum von sich und lässt eher reden. Das ist heutzutage sehr selten. Normalerweise fangen Menschen sehr schnell an von sich zu berichten wenn sie etwas erzählt bekommen. Gespräche verlaufen dann nach der Art:

Freund: *„Na, wie war dein Urlaub?"*

Urlauber: *„Der war schön. Ich war am Mittelmeer."*
Freund: *„ Oh da bin ich auch schon gewesen. Ich bin da oft in Italien oder auf Korsika. Das kann ich dir nur empfehlen. Diese Insel...usw."*
Jaqueline ist da anders. Sie fragt nach und zeigt ehrliches Interesse. Wahrlich eine Seltenheit. Sie hört zu und merkt es sich auch. Und sie beobachtet sehr genau ihr Umfeld. Jaqueline registriert viel dabei, behält es aber für sich. *„Wer weiß wofür so etwas mal gut ist"* wird sie sich dabei denken. Und sie sieht die schöne Blonde, welche auch Markus aufgefallen ist.

Ein Flirt
Sie erinnern sich an Kerstin Leipnitz? Die attraktive Neukundin mit dem schönen warmen Lächeln? Ihre Anwesenheit ist Markus auch diesmal nicht entgangen. Während Jaqueline sich am Thekenbereich ihre Trinkflasche auffüllt sieht er Kerstin durch das Studio gehen.
Ihr Ziel ist der Gerätebereich für Frauen. Markus sitzt auf seinem Übungsgerät und schaut ihr genau ins Gesicht. Sie kommt auf ihn zu. Beide schauen sich an und lächeln. Gleich werden Sie knapp voreinander stehen und ihr erstes Wort miteinander wechseln.
Kerstin ist vielleicht vier oder fünf Meter von Markus entfernt. Doch! Was macht Markus? Er beginnt seinen nächsten Trainingssatz!? Sie müssen wissen, dass man einem Trainierenden während einer Übung nicht anspricht.
 Markus zeigt auch sehr deutlich, dass er unmöglich ansprechbar ist. Die Augen zugekniffen und die Backen

aufgeblasen. Der athletische Frauentyp trainiert sehr hart. Zumindest soll es so aussehen. Kerstin geht nun an ihm vorbei und in ihren Trainingsbereich. Mich interessiert an dieser Stelle: „Hätte sie ihn angesprochen?".
So wie Markus immer erzählt hat mich sein Verhalten gerade sehr verwundert. Es war eindeutig, dass er sich aus der Situation rauswinden wollte. Geradezu als unhöflich kann man das Verhalten bezeichnen. Hätte er jemandem die Hand gegeben, dann ein Gespräch angedeutet und sich nach seinem ersten Wort Kopfhörer aufgesetzt, es wäre das Gleiche gewesen.

Richtige Männer
Es passt jetzt genau in die Situation, dass Steffen Krimm mit Markus ins Gespräch kommt. Sie erinnern sich an den Meister des Small Talks von gestern? Zwei bessere Gesprächspartner hätten sich gerade nicht finden können. Der wichtige Dauerunterhalter und der Held der Frauen. Beide hauen sich die Taschen voll und erklären sich gegenseitig die Welt.
Markus: *„Ich habe ihr jetzt schon einmal gesagt, dass ich mich auch anders kümmern kann, wenn sie mich nicht ran lässt. Ich habe ihr eine klare Ansage gemacht und bin jetzt erst einmal ins Training. Sie weiß, dass ich hier genug Auswahl habe."*
Steffen: *„Sie weiß, dass ich nach dem Training etwas essen möchte. Sie ist den ganzen Tag zu Hause. Ich habe ihr gesagt was ich erwarte. Sie braucht hin und wieder mal so*

eine Richtung vorgegeben. Ansonsten klappt es aber ganz gut."

Beide reden natürlich auffällig laut, sodass die Leute im näheren Umfeld ganz genau hören wie beeindruckend sie die Kontrolle zu Hause behalten. Und die prüfenden Blicke während des Gespräches registrieren ganz genau ob die richtigen Personen auch zuhören.

Ich weiß nicht ob sich beide gegenseitig wirklich Aufmerksamkeit schenken oder aber ob sie sich in gegenseitiger Unterstützung alternierend die Möglichkeit der Selbstdarstellung geben möchten. Jedenfalls hat die Antwort des einen kaum etwas mit der Aussage des anderen zu tun.

Im späteren Verlauf frage ich Steffen wieso er denn so lange trainiert. Immerhin ist er schon 2,5 Stunden bei uns! Steffen antwortet ehrlich: *"Ich muss mal zu Hause raus. Meine Frau nervt mich. Mach dies und tue das. Ich will einfach mal meine Ruhe."* Hm, das klingt jetzt schon ein wenig anders.

Kerstin bekommt von dem Ganzen kaum etwas mit. Es scheint sie auch nicht zu interessieren. Sie macht ihren Sport weiter und arbeitet an ihrem Ziel. Sie fühlt sich wohl bei uns und spürt ihr Training schon viel besser. Ich glaube sie wird gute Erfolge haben.

Fragen, Fragen, Fragen

Tom Frick ist natürlich auch wieder da. Er möchte seine Opferrolle im Freundeskreis mit Trainingserfolgen kompensieren. Aber er übertreibt wieder vollkommen.

Eben ein Mensch der Extreme. Er kann nicht beiläufig trainieren und noch andere Inhalte im Leben haben. Entweder er kommt überhaupt nicht oder aber er trainiert jeden Tag exzessiv. Mit beiden Verhaltensweisen kann nichts werden. Und genau das versuche ich ihm zu vermitteln.

Seine Fragen werden allerdings mit der Zeit eine wahre Geduldsprüfung. Nachdem er mit peniblen Fragen zu einzelnen Muskelsträngen fertig ist kommt das Thema Doping zum Gespräch. Natürlich rate ich ihm ab und mache ihm deutlich, dass er bei Konsumierung illegaler Substanzen direkt aus dem Studio fliegt.

Seine peinlich detaillierten Fragen haben nichts mehr mit einem gesunden Interesse am Training zu tun. Er möchte einfach reden. Und er möchte als Mensch wahrgenommen werden der Fitness lebt. Das ist das Ziel seiner Fragen. Er ist wie ein Junge der vielleicht Fußball spielen will. Er schaut viel zu und versucht Taktiken aus peinlich überzogenen Analysesendungen im Sportfernsehen zu verstehen. Sie kennen diese Sendungen, bei welchen bis zu 5 Experten eine halbe Stunde lang über eine Szene diskutieren? Der Junge holt sich Fußballschuhe, macht schon einmal zur Vorbereitung Ausdauertraining und vollbringt aber nie einen Schritt in die Nähe eines Fußballvereins.

Und so passiert es schon wieder. Tom redet und fragt viel über Fitness und setzt einfach nichts davon um. Die Gespräche sind absolut überflüssig. Er manövriert sich ins Abseits und macht sich so zum Ziel von Lästerein.

Es dauert eine Weile bis ich ihn dann einmal auf das Wesentliche gelenkt habe. Jedoch glaube ich nicht, dass es lange anhält. Aber mehr kann ich auch nicht machen.

Die Überraschung
Es ist am Abend und bald machen wir zu. Andreas Greif kommt ganz aufgelöst zu mir: *"So ein alter Mann hat mein Handy gestohlen! Dem hau ich in die Fresse!"*
Ich versuche ihn zu beruhigen und lass mir alles erzählen.
Es sind nur noch 3 Menschen in der Männerumkleide gewesen und Andreas legte sein Handy auf den Spind. Wolfgang Drell, ein Autor und sehr kommunikativer Mensch, hat es gestohlen. Er ist 59 Jahre und schrieb Bücher über das Leben und Erfolge. Er ist sehr offen und ein interessanter Gesprächspartner. Ich konnte es erst nicht glauben.
Wolfgang verwickelte Andreas und seinen Kumpel in ein Gespräch. Dadurch vergaß Andreas sein Handy auf dem Spind. Nachdem er von der Toilette kam waren Wolfgang und das Handy weg. Andreas merkte es erst später.
Ich war sehr überrascht und enttäuscht. Zumal das Verhalten idiotisch ist. Ihm muss doch klar sein, dass wir den Vorfall auf ihn zurückführen. Andere Personen waren nicht anwesend.

Das Telefon klingt:
„Hallo! Hier ist Wolfgang. Ich habe versehentlich ein Handy eingesteckt. Es muss diesem jungen Burschen in der

Umkleide gehören. Ich komme sofort ins Studio und bringe es zurück."

Man sollte nicht gleich böse Absicht unterstellen. Wolfgang hat sich sehr dafür geschämt und sich mehrfach entschuldigt.
Manchmal muss man auf sein Gefühl hören. Wolfgang ist kein Dieb. Dessen war ich mir sicher. Wie schnell ich allerdings diese Meinung geändert habe ist erschreckend. Der Diebstahl erschien von Anfang an seltsam. Trotzdem glaubte ich gleich daran.
Es gehört Mut zu dieser Geste von Wolfgang. Ich habe mich sehr gefreut, dass sich dann beide recht positiv unterhalten haben.

Mittlerweile ist es wieder so weit und ich kann das Studio schließen. Dass Markus heute vor einem Gespräch mit Kerstin Angst hatte treibt mir noch immer ein Grinsen ins Gesicht.

Kapitel 4

Meine Schicht heute geht von Mittag bis zum Abend. Zum Arbeiten ist es recht angenehm. Der große Ansturm in der Frühe ist bei Dienstbeginn vorüber und ich komme auch nicht so spät nach Hause. Für die Freizeit allerdings ist es eine bescheidene Arbeitszeit. Früh kann man nicht wirklich was machen und der Abend ist im Grunde auch gelaufen. Aber es geht schon mal.
Für den Sportler ist das Training zum Mittag ideal. Es ist wenig los und der Körper ist leistungsfähig in einer tagesaktiven Phase, wenn man mal das Ritual des Mittagsschlafes mancher Menschen nicht beachtet.

Der erste Eindruck täuscht.
Tanja Erder kann sich ihre Trainingszeit frei einteilen. Sie kennen bereits die attraktive Frau in den Vierzigern mit dem guten Selbstvertrauen? Heute hat sie ihre alltäglichen Erledigungen einmal vor dem Training gemacht und kann jetzt, als letzte Pflicht des Tages, ihrem Sport nach gehen.
Etwas beneidenswert ist das schon.
Ich habe mich früher immer gefragt was sie wohl arbeitet, dass sie zu solchen Zeiten trainieren kann. Sie ist immer schick gekleidet und führt ein gutes Leben. Als ich vor einigen Monaten mit ihr ins Gespräch kam erfuhr ich es schließlich. Sie ist gelernte Zahnarzthelferin. Allerdings ist ihre Chefin vor einigen Jahren verstorben. Dadurch wurde die Praxis geschlossen. Seit dem arbeitet Tanja nicht mehr.

Die Frage: „Warum geht sie in keine andere Praxis?" stelle ich mir bis heute noch.
Ihr Mann, es ist Rolf Armin, ist Schichtarbeiter in einem großen Betrieb. Einige aus unserem Studio arbeiten in diesem Unternehmen und verdienen ganz gutes Geld.
Sie haben Rolf schon nebenbei kurz kennengelernt. Er gehört zu den zahlenden Mitgliedern, welche nur mal sporadisch aufschlagen. Ich denke mal, dass er so oft trainiert wie ich shoppen gehe. Und ich hasse einkaufen! Aber Rolf ermöglicht ihr den Luxus nicht zwangsläufig arbeiten gehen zu müssen.
Tanja hat eine zufriedene Ausstrahlung. Sie lächelt oft und trainiert gut. Natürlich unterhält sie sich auch gern und ausschweifender, aber sie verquatscht die Trainingszeit nicht unnötig.
Es ist gerade ruhig im Studio und wir kommen ganz oberflächlich ins Gespräch. Ich merke sehr schnell dass etwas nicht stimmt. Sie spricht es nicht an. An ihrem Verhalten spürt man es allerdings deutlich. Und Tanja erzählt es dann auch, nachdem ich sie direkt gefragt habe.

Das Thema Geld scheint die Beziehung zu belasten. Rolf möchte eine Anschaffung machen. Er will die Terrasse gern mit neuem Bodenbelag versehen und noch einige Dinge umbauen. Tanja hat allerdings die Kontrolle über das Geld und sagt, dass die Anschaffungen dieses Jahr die Mittel übersteigen. Das klingt jetzt erst einmal nicht so wahnsinnig spannend. Aber die äußeren Umstände dieser Situation sind etwas kurios.

Innerlich bin ich zumindest verwundert. Ich weiß, dass Armin der Alleinverdiener ist. Aber sie hat die Finanzen unter Kontrolle? Sie geht nicht arbeiten und untersagt Investitionen wegen Geldmangel? Ich bekomme einen etwas anderen Eindruck von ihr. Das wirkt alles sehr widersprüchlich.
Rolf wird als verantwortungslos in Sachen Geld hingestellt da er: „fast immer pleite ist!". So ist Tanjas Aussage. Und es geht noch weiter…

Heimlichkeiten in der Ehe
Lassen Sie sich nicht von den Nachnamen der beiden irritieren. Sie sind verheiratet. Das Thema mit dem Geld hat mich sehr neugierig gemacht und ich frage weiter nach. Das Gespräch wird detaillierter. Mein Gott bin ich froh, dass heute kaum Leute da sind die dazwischen quatschen.
Rolf ist Raucher, schon immer gewesen. Tanja, als sportliche Frau mit einer gesunden Lebensweise, lehnt dies jedoch ab. Genauso wie sie nur selten Alkohol trinkt. Im Grunde sind die beiden da sehr verschieden. Das sind mal Gegensätze, welche sich nicht unbedingt anziehen.

Sie hält ihrem Mann vor, dass das Rauchen einfach zu teuer ist. Natürlich ist das grundsächlich erst einmal richtig. Aber er verraucht doch seinen Verdienst und nicht ihr Geld. Natürlich sollten in einer Ehe beide Partner als eine Einheit betrachtet werden und das Thema:"dein Geld-mein Geld" gibt es im Grunde nicht. Aber ich finde es schon ziemlich bemerkenswert, dass sein Rauchen des Geldes wegen

problematisch ist und er als alleiniger Verdiener kritisiert wird. Dass das Rauchen des Partners auch aromatisch eine Belastung für einen Nichtraucher darstellt ist wohl eher zweitrangig. Es scheint zumindest so.
Jedoch ist Rolf ein „ganzer Mann" und lässt sich das nicht untersagen. Somit raucht er heimlich. Richtig! Er versteckt sich draußen, in der Garage oder tut es irgendwo unterwegs. An dieser Stelle verstehe ich die Unzufriedenheit von Tanja wieder. Denn wer wird schon gern belogen? Noch dazu auf so eine auffällige Art. Es ist doch klar, dass Tanja das Rauchen riecht. Sich dazu zu verstecken und so tun als wäre nix ist ja eine Beleidigung ihrer Intelligenz.

Einmal hat sie ihn direkt darauf angesprochen:
Tanja: *„Du warst doch gerade rauchen!"*
Rolf: *„Nein, war ich nicht."*
Tanja: *„Ich rieche es doch."*
Rolf: *„Ich habe nicht geraucht!"*
Tanja: *„Natürlich hast du geraucht. Es riecht auch an deinen Händen!"*
Rolf: *„Nein!"*
So ging es weiter bis zu einem handfesten Streit.
Mit dem Alkoholkonsum ist es ähnlich. Er raucht schon immer und trinkt sein Bier. An welchem Punkt kippte es, dass sie sich so gestört fühlt? Weshalb sind seine Verhaltensweisen früher akzeptiert worden und heute nicht?

Ich finde es von beiden Seiten her seltsam. Tanja sollte es ihm nicht verbieten und er sollte es nicht verheimlichen. Noch dazu auf eine so dämliche Art und Weise. Da muss sie ja an seiner Intelligenz zweifeln.
So wie sie alles erzählt ist sie sehr unzufrieden und unglücklich in ihrer Ehe. Ich hätte dies nie vermutet, da sie immer so einen stabilen Eindruck gemacht hat. Aber es ist eben nur eine Fassade.
Interessant für mich ist auch, dass ich der erste bin der dies erfährt. Zumindest sagt Tanja das. Hat sie denn keine engeren Freunde dafür? Ich bin es zwar gewohnt sehr private Einblicke zu bekommen. Aber dass ich der erste Ansprechpartner dafür bin ist auch mir neu. Allerdings ehrt mich dieses Vertrauen auch.
Ihr Blick ist bezeichnend als sie das Studio nach dem Training verlässt. Diesmal kein künstliches Lächeln, sondern ein nachdenklicher trauriger Blick, der zumindest ehrlich ist. Ich habe das Gefühl, dass sie unser Gespräch befreit hat und sie, zumindest heute, nichts mehr vorspielen muss.

Eine andere Art von Heimlichkeiten
Tanja geht und es kommen Tom Frick, Marcel Sembe und Torsten Reinhard. Oder anders gesagt: Die angenehme Ruhe im Studio verlässt mich und das Geschnatter sowie die Unruhe kommen. Ich erkenne sofort den inneren Auftrieb von Tom, da er mit seinen „Freunden" unterwegs ist. Er ist etwas schnippisch und spielt die Rolle des coolen Typen.

Marcel Sembe hingegen ist ein grimmiger Mensch. Er scheint unzufrieden zu sein. Womit? Das weiß ich nicht. Er ist auch nicht der Typ mit dem man gerne redet. Er ist kräftig und trainiert ganz gut. Aber seine arrogante Art ist ziemlich störend. Wahrscheinlich lehnen ihn dadurch einige Leute ab, weshalb er sich noch mehr hinter diesem Verhalten versteckt. Ein kleiner Teufelskreis, dem man jedoch leicht endfliehen könnte, wenn man es wirklich will oder erkennen würde. Aber seine Beratungsresistenz im Bereich soziales Verhalten scheint ein wichtiger Grundpfeiler seiner Lebenseinstellung zu sein.
Torsten Reinhard ist der „Normalste" dieser Gruppe. Er trainiert ernsthaft und ist sehr sympathisch. Er ist ca. 195 cm groß und hat ein intelligentes Auftreten. Aktuell möchte er abnehmen und hält sich eisern an unseren Ernährungsplan. Mit seinen 3 Trainingseinheiten pro Woche hat er auch ganz gute Erfolge.
Aber bei Tom Frick vergisst auch er sein gutes Verhalten und geht der Lieblingsbeschäftigung der Deutschen nach – Lästern! Es dauert nicht lange. Torsten und Marcel kommen vor in den Thekenbereich.
„ Ich wurde gestern auf der Straße angesprochen wie lange ich schon trainiere, weil ich so kräftig geworden bin." Das hat Tom zu Torsten gesagt. Und beide lachen laut darüber. Ein anderer soll Tom gefragt haben ob er Anabolika nimmt. Wieder machen sich Torsten und Marcel lustig über Tom.

Tom sieht noch immer überhaupt nicht nach Fitnesstraining aus. Entweder erfindet er die Geschichten. Oder aber andere machen sich mit diesen Fragen über ihn lustig und er merkt diese Verhöhnung nicht.

Natürlich zeigen die beiden dem Tom nicht, dass sie darüber so lachen. Vielleicht sollte ihm mal einer sagen, dass es unmöglich ernst gemeint sein kann? Aber das würden nur gute Freunde machen.

Daran merkt man mal wieder, dass man einen guten Freund an Meinungsverschiedenheiten erkennt. Warum? Weil die eigene Meinung und die eigene Sicht der Dinge unmöglich immer richtig oder sinnvoll sein kann. Und wenn das einmal der Fall ist, dann ist man auf Menschen angewiesen, welche so etwas ansprechen. Welche einen selbst versuchen in die richtige Richtung zu lenken. Auch wenn so etwas selten reibungslos abläuft, so ist es ungemein wichtig für das eigene Leben.

Ein wenig später sehe ich Tom und Torsten tuscheln. Sie regen sich nun über Marcel auf, der ja gerade abwesend ist, weil er sich so arrogant verhält. Natürlich sagt das auch keiner dem Marcel direkt. Beide steigern sich rein und erzählen sich nun alle Geschichten, welche das in irgendeiner Form bestätigen.

Ich weiß zwar, dass Menschen gerne lästern. Und etwas lustig machen gehört auch zum Leben dazu. Aber bei denen ist das schon ziemlich extrem.

Nur wenn alle drei zusammen und in direkter Hörweite sind wirkt es wie eine harmonische Gruppe von jungen Kerlen die einfach nur miteinander trainieren. Sobald sich einer entfernt, dann geht das hemmungslose Geschnatter in eine neue Runde.

Dass die sich nicht komisch vorkommen, wenn sie sich in meiner Gegenwart die ganzen Lästereien abwechselnd erzählen.

Immer wieder interessant
Wer sich mit Lästereien überhaupt nicht beschäftigt ist Michael Tromper. Ein bulliger Typ und ziemlich groß gebaut. Er ist im Personenschutz tätig und oft mit der Betreuung von Politikern beschäftigt. Als ehemaliges Mitglied eines Spezialkommandos hat er immer sehr interessante Dinge zu berichten. Und die Einblicke in diverse öffentliche Themen sind mehr als bedenklich.
„*Alle verrückt. Komm dreh durch und hau ab hier. Is' eh alles zu spät."* So lautet heute seine Begrüßung. Auf der einen Seite unterhaltsam und lustig. Aber auf der anderen Seite sagt er sowas immer mit einem Hintergedanken.
Er ist ein ehrlicher Typ, dem man durchaus vertrauen kann. Unterhaltsam sind seine Berichte über sein Essverhalten. Gestern Abend mal eben 1,5kg Eis. Heute früh, nach dem morgendlichen Lauf, eine ganze Packung Kekse, in 3 Minuten. Aber der zeigt sich selbst einen Vogel dafür.

Es ist 18 Uhr und das Studio füllt sich merklich. Ich bin froh gleich gehen zu können, denn mit der Zeit bin ich von den Leuten, den Fragen und den seltsamen Problemen mancher Menschen ziemlich genervt. Ich werde heute noch Laufen gehen und dann den Tag in Ruhe ausklingen lassen.

Kapitel 5

Das Wochenende naht und ich hab Frühdienst. Der Lauf gestern Abend steckt mir noch in den Beinen. Es waren 10km mit einigen Bergen dabei. Ich hoffe die Leute lassen mich heute in Ruhe. Mein Elan hält sich dadurch ziemlich in Grenzen.
Es ist wie jeden Morgen und die Mitglieder stehen wieder erheblich früher vor der Tür. Das Wetter ist heute mit Regen und starkem Wind besonders unangenehm. Umso verwunderlicher ist das konsequente Warten vor der Tür. Obwohl es bei uns genügend Platz und auch ausreichend Spinde gibt sehen manche Mitglieder Nachteile für sich, falls sie nicht gleich an vorderster Stelle ins Studio können.

Ein Vorbild
Da ich gleich Kurse gebe sind wir zwei Trainer im Frühdienst. Einer muss ja auf der Fläche bleiben und sich dort die wichtigen Geschichten der Leute anhören.
In meinem Step-Kurs, dabei handelt es sich um eine Art Aerobic, habe ich um die 6 bis 10 Teilnehmer. Der Anspruch an die Ausdauer ist nicht zu unterschätzen. Auch Koordination wird den Teilnehmern abverlangt.
Da staune ich immer wieder über unsere Irmgart Schnelle. Sie ist Ende 70 und hat einen normalen Körperbau. Also nicht dick aber auch nicht so schlank. Es gibt Menschen in ihrem Alter, welche noch sehr jung aussehen und gut erhalten sind. Da würde man denken, dass diese Leute noch nicht einmal Rente beziehen. Denen fällt Bewegung und

Sport auch bedeutend leichter. Sie haben einfach Glück mit ihrer Veranlagung. Irmgart hingegen sieht man ihr Alter schon an. Es geht alles auch nichtmehr so einfach wie noch vor zehn Jahren.

Sie kommt jeden Freitag in diesen Kurs. Manchmal strengt es sie sehr an. Dann geht sie nach einer halben Stunde. Der Kurs dauert normalerweise eine Stunde. Sie entschuldigt sich dann meistens dafür. Aber ich sage ihr darauf:

„Du, ich find es so toll wie du mit machst. Du kommst der Geschwindigkeit hinterher und den Choreografien. Mach dir darüber keine Gedanken. Schön, dass du immer wieder dabei bist."

Und das meine ich ernst! Sie hat auch ihre körperlichen „Wehwehchen". Aber Irmgart macht weiter und jammert nicht rum. Sie merkt wie gut ihr alles tut und versucht jede Woche auf ein Neues die Stunde durchzuhalten.

Es ist ein gesunder Ehrgeiz und nicht zu übertrieben. Sie hat ein tolles Mittelmaß gefunden, auch was ihr Gerätetraining angeht. Die Gesellschaft der anderen Kursteilnehmer tut ihr gut und sie erklärt Neulingen auch gern die Schrittkombinationen. Das macht sie ein wenig stolz. Eine solch tolle Frau hat man einfach sehr gern im Studio.

Ziellos durch das Leben
Dann gibt es noch jene Mitglieder, welche irgendwie durch ihr Leben dümpeln und bei denen ich überhaupt keine Ahnung habe was das eigentlich soll. Wo der Weg hingeht und welchen Inhalt sie für sich sehen. Einer davon ist Sascha Möller. Er ist muskulös gebaut und so eine richtige

„Großklappe". Sascha hat schon einige Dinge im Leben durchgemacht. Aber das alles sind größtenteils selbstverschuldete Hürden.

Mittlerweile beginnt Sascha seine dritte Ausbildung als Buchbinder. Wie er gerade dazu gekommen ist? Das weiß ich nicht. Er hat sicherlich auch seine Stärken. Aber, und das kann ich ganz sicher sagen, mit Büchern hatte er bis jetzt kaum etwas zu tun.

Die erste Ausbildung hat er abgebrochen und die zweite Ausbildung musste er von Seiten des Unternehmens aus beenden. Zumindest war der damalige Ausbildungsbetrieb nicht an einer weiteren Zusammenarbeit interessiert. Um welche Berufe es sich dabei gehandelt hat weiß ich allerdings nicht.

Sein Geld „verdient" er teilweise durch andere Geschäfte auf der Straße. Ich weiß auch, dass er früher einmal illegale sportliche Substanzen konsumiert hat, wovon er jetzt aber los ist.

Im Grunde ist er einer dieser Straßenschläger, welche ich im Studio nicht haben will. Allerdings ist es bei Sascha noch im Rahmen. Er nimmt Rücksicht auf die anderen Trainierenden und ist nicht übertrieben auffällig.

Ein schräger Typ
Etwas auffälliger ist dafür Tim Merkser. Allerdings auf eine ganz andere Art und Weise.

Tim ist schon lange Mitglied und hat einen recht durchtrainierten Körper. Er ist dünn aber definiert, so könnte man sagen. Seine braunen Haare sind lang und meistens zu einem Pferdeschwanz gebunden. Er hat ein schmales Gesicht und einen gepflegten Bart.

Tim trainiert regelmäßig und gut. Eine korrekte Übungsausführung und Ernsthaftigkeit im Sport sind wesentlicher Bestandteil bei ihm. Auch anspruchsvolle Übungen wie Klimmzüge, Beugestütze sowie komplexe Freihantelübungen führt er leidenschaftlich durch.

Wenn man ihn so beschreibt, dann klingt das erst einmal ziemlich interessant. Ich könnte mir auch vorstellen, dass einige Frauen solche Männertypen anziehend finden. Aber Tim hat eine kuriose Art der Eigeninszenierung. Sein Auftreten und seine Persönlichkeit sind … naja … kurios(!?). Zumindest ist er sehr eigen und untypisch in seinem Wesen. Vielleicht liegt das an seinem Hobby?

Tim Merkser trainiert beim Männerballet. Die Tanzgruppe darf ab und an unseren Kursraum zum üben nutzen.

Ich habe das mal eine Weile beobachtet und es sah einfach ziemlich witzig aus. Das ist allerdings auch Sinn der Sache. Die Zuschauer sollen damit belustigt werden.

Aber Männer, welche so etwas machen, müssen eben ganz spezielle Charaktertypen sein. Verstehen Sie mich nicht falsch! Ich habe höchsten Respekt vor jeder Person, welche mit Tanz oder anderen Auftritten ein Publikum unterhält. Es ist anspruchsvoll und dazu bedeuten die Vorbereitungen immer einen großen Aufwand. Dennoch muss man ein „extravaganter und spezieller Typ" dafür sein.

Und so zeigt sich Tim auch auf der Fläche. Er spricht fast jeden an und versucht mit eigenartigen Witzen Pepp in sein Umfeld zu bringen. Aller 15 Minuten macht er seinen

Pferdeschwanz auf und richtet das wallende Haar. Gerade in der Männerdusche konnte ich einmal diesen Anblick „genießen".

Besonders gern hängt sich Tim in fremde Gespräche rein. Sogar in Kundengespräche zwischen Trainer und Mitglied. Er will sich immer mitteilen und versucht im Mittelpunkt zu stehen.

Seine Freundin ist ebenfalls bei uns. Barbara Briefmann arbeitet als Kurstrainerin. Sie mag Eiweißshakes und jegliche Supplemente für Krafttraining nicht. Darum kauft Tim es immer heimlich. Beim abkassieren müssen wir aufpassen, dass sie dies nicht sieht. Gerade für neue Mitarbeiter ist das recht gewöhnungsbedürftig.

So läuft das schon einige Jahre. Tim der besserwisserische Aufdringliche. Oder Tim mit Frau: Der normale zurückhaltende Mann der natürliche Ernährung predigt.

Gewichtsreduktion
Natürliche Ernährung vertreten auch wir, besonders in unseren Ernährungskursen. Melina Reisdorf ist noch relativ neu und sehr hübsch. Sie ist etwas untersetzt und möchte das sehr gern ändern. Melina macht unsere Ernährungsumstellung mit und erhofft sich bis zum Sommer ca. 8 kg abzunehmen.

Zum Sport kommt sie zweimal in der Woche, was absolut ausreichend ist. Sie fragt ziemlich aufmerksam viel über Ernährung nach. Ich merke deutlich, dass das Thema für Melina nicht neu ist, denn die Fragen sind schon recht spezifisch und setzen ein wenig Grundwissen voraus.

Jedoch ist es wie so oft, die Fragen gehen in die falsche Richtung. *„Soll ich Süßstoff oder Zucker nehmen? Ist Schwein oder Rind besser? Wann esse ich Omega 3 Tabletten?"*

Diese Fragen zeigen schon das Grundproblem. Natürlich sind alle irgendwie relevant. Aber sie sind bereits so spezifisch, dass sie auch wieder überflüssig sind. Erfolgreiche Ernährung scheitert bei vielen Menschen schon an den einfachen Dingen. Das sind beispielsweise: das Frühstück, das Abendessen, der Wasserhaushalt oder die Kohlenhydrate.

Das ist den meisten Abnehmwilligen leider nicht bewusst. Sie lesen dann Zeitschriften oder Beiträge mit sehr speziellen Empfehlungen und Hinweisen. Das führt oft zur Verwirrung oder dem Fokus auf die eher unwichtigen Teilbereiche der Ernährung. Und so verrennen sich Viele, sehen das Thema als zu kompliziert an und geben schlussendlich auf.

So ähnlich ist es auch bei Melina. Ich hoffe, dass wir sie aus diesem Trott raus kriegen und sie Erfolg haben wird.

Mein Dienst neigt sich dem Ende und meine Beine sind es auch. Gestern der Lauf und heute der Kurs, es war etwas zu viel. Ich freue mich jetzt auf ein erholendes Wochenende.

Teil 2

Kapitel 1

Das Wochenende ist vorbei und es ist wie jeden Montag. Im Studio ist es gut gefüllt und die Leute haben jede Menge vom Wochenende zu berichten. Ob Sport, Freizeit, der Abendfilm, die Nachrichten oder die Lieblingsserien. Viel Geschnatter und Gerede im Studio. Und man merkt wieder einmal die Neigung des Menschen sich aufregen zu wollen.
Die Themen drehen sich größtenteils um emotional aufwühlende Dinge.
Die Fußballmannschaft hat gewonnen. ABER(!) wie taktisch schlecht das Spiel gewesen ist. Mehr Glück als Verstand.
Das Fest war großartig und es war schön die anderen einmal wieder zu sehen. ABER(!) hast du gemerkt was die angehabt hat? So billig und aufdringlich, wie furchtbar.

So ist es fast immer. Ich glaube die Leute wollen sich aufregen oder lustig machen. Sonst scheint jedes Gespräch einfach nicht interessant zu sein.

Kontrolle
Wenig zu erzählen haben sich hingegen Markus und Maria Feiner. Er kommt ins Studio rein und zeigt ein sehr gezwungen freundliches Gesicht. Kein kurzer Plausch und

keine kurze belanglose Witzelei zur Begrüßung. Er wirkt wie der typische Montagsmensch, welcher die kommende Arbeitswoche so mag wie sich ein Feinschmecker auf einen Möhrensalat stürzt.

Seine Frau kommt in einem Abstand von ungefähr 5 Metern hinterher. Bild und Ton scheinen bei beiden gerade unwahrscheinlich schlecht zu sein. Mich wundert, dass er nicht direkt hinter sich die Tür wieder zu schmeißt. Aber er lässt sie zwangshalber offen, sodass seine Frau mit stolzem Auftreten durchmarschieren kann.

Schwungvoll schließt sie die Tür. Spätestens jetzt merken alle Mitglieder in der näheren Umgebung die Anwesenheit der beiden. Maria selbst scheint erschrocken über dieses deutliche Signal, welches sie damit ungewollt durch das Studio sendet.

Schweigend und sehr zielstrebig steuern sie die Umkleiden an ohne auch nur einen Moment an Konversation zu verschwenden. Ich bin sehr gespannt.

Markus' kontrollierender Blick nach seinem beliebten Beuteschema ist heute auffallend kurz. Sein einziger Satz auf meine Frage nach seinem Gemüt: *„nicht einmal hier hab ich meine Ruhe!"*. - Mehr muss er nicht sagen. Seine Laune ist nicht dem Montag geschuldet, sondern seiner Begleitung.

Es passt, dass ausgerechnet heute auch Kerstin Leipnitz beim Training ist. Sie erinnern sich letztens an die Situation zwischen Kerstin und Markus? Sie lächelten sich ausgiebig an und Markus ist der Situation ängstlich aus dem Weg gegangen.

Sein Verhalten heute ist bemerkenswert. Ähnlich eines lieben Ehemannes versucht er dem Zauber von Kerstin zu entgehen. Wie zwei gleiche magnetische Pole stößt Kerstin ihn durch das Studio. Kaum kommt sie in seine Nähe sucht er sogleich ein anderes Gerät auf. Derart ziellos habe ich selten jemanden durch das Studio gehen sehen. Aber gleichzeitig trainiert er hintereinander weg. Er will jeglichen Gesprächen aus dem Weg gehen. Ob es aus Wut oder Vorsicht so ist kann ich nicht sagen. Aber aus Sicht eines Trainers ist es das ambitionierteste Training, welches falscher nicht aufgebaut sein kann.

Kerstin wirkt etwas verwundert und findet das scheinbar amüsant. Sie weiß sicherlich auch nicht, dass Markus und Maria irgendwas miteinander zu tun haben. Denn diese auffällige und abstoßende Wirkung zeigt sich auch bei den beiden. Markus wird wie ein Schaaf von 2 Schäferhunden durch das Studio getrieben. Mich würde es nicht wundern, wenn er sich auf Toilette zurück zieht und dort das ganze Training abwartet.

Die prüfenden Blicke von Maria lassen ihre Absicht erahnen. Ich würde darauf wetten, dass sie Markus kontrollieren will.

Mal zum Thema: Ernährung.
Kerstin lässt sich allerdings nur bedingt beeinflussen. Sie hat ihre Ziele vor Augen und nimmt diese kleinen Dinge eher nebenbei mit. Nachdem sie bis jetzt gut in ihr Training gefunden hat zeigt sie sich sehr interessiert über Ernährung.

Das ist gut und wichtig, da Ernährung unweigerlich mit Sport zusammenhängt.

Bei ihr ist es wie bei vielen Menschen. Sie isst zu unkoordiniert und zu wenig. Es ist ungemein schwer einer Person zu vermitteln, dass sie mehr essen muss wenn sie abnehmen will. Wir reden lange darüber, was Markus zu stören scheint. Ich glaube er unterstellt mir einen Flirt und er darf ja heute nicht. Seine Blicke sind aufgewühlt und entnervt. Wie ein Kind, das Schokolade sieht und diese nicht essen darf. Es muss die Hölle für ihn sein.

Kerstin hört aufmerksam zu und geht auch sehr ehrlich mit ihrem Essverhalten um. Sie müssen wissen, dass die Leute im Allgemeinen ein ziemlich perfektes Essverhalten vorgaukeln. Früh essen sie Vollkorn. Mittag wenig Kohlenhydrate und Fisch. Nachmittag Nüsse und etwas Gemüse. Abends kommt dann ein gesunder Salat und natürlich ein Glas Wasser. Nichts weiter dazu! Zwischendurch gibt es ungefähr zweimal Obst. Und trotzdem nehmen sie nicht ab!

Wer mir so einen perfekten Ablauf schildert, der sagt in der Regel nicht die Wahrheit. Das weiß ich aus Erfahrung.

Warum fragen diese Leute mich, wenn sie offensichtlich unehrlich zu sich selber sind? Warum versuchen sie mir zu vermitteln, dass sie alles richtig machen? Ich will doch helfen.

Stellen sie sich vor, dass sie krank geworden sind. Sie gehen zum Arzt, damit dieser Ihnen hilft. Sie haben Halsschmerzen und etwas Fieber. Dem Arzt sagen sie jedoch: *„Mir ist schlecht und ich habe gebrochen. Außerdem habe ich*

Magenkrämpfe." Ergibt das Sinn für Sie? Sicherlich nicht, denn der Arzt würde Ihnen nicht helfen können. Weil Sie ihm komplett falsche Angaben machen. Warum sollten Sie das also tun? Das ist die Frage die ich mir stelle, wenn mir Kunden derartige Dinge erzählen.
Bei Kerstin merk ich aber, dass sie es ernst meint. Eben weil sie auch zu ihren kleinen Fehlern in der Ernährung steht und offen ist. Wir sind fast fertig mit unserer Beratung als Anton Beyer ins Studio kommt.

Gutes Training
Anton ist Anfang 20 und gut trainiert. Seine solariumgebräunte Haut wirkt etwas gekünstelt. Aber es passt zu ihm. Er ist so ein Typ der sehr auf sein Äußeres achtet. Es ist die heutige Generation von jungen Männern die extrem auf Mode und Aussehen Wert legen.
Ich empfinde das etwas befremdlich, obwohl wir nur gute 10 Jahre auseinander liegen. Für mich zählt zu einem Mann eher das Kernige und Robuste. Eben so ein typischer, männlicher und rauer Bursche, der verschiedene Socken trägt und dessen Bart- sowie Haarstyling dringend weiblicher Kontrolle bedürfen.
Aber beim jungen Mann von heute ist das anders. Gezupfte Augenbraun und weichgecremte Haut. Immer Handschuhe zum Training, damit um Himmels Willen keine zu ausgeprägte Hornhaut entsteht. Ich wüsste gern einmal in wie vielen Sporttaschen dieser Männer kleine Handspiegel zu finden sind.

Und Anton ist so ein Typ. Sein Training ist jedoch sehr gut und, das muss man ihm lassen, auch recht erfolgreich. Ich denke er ernährt sich auch bewusst. Er ist ein Typ, den ich gern im Studio sehe. Schickes Aussehen und zivilisiertes Training. Solche Leute heben einfach das Niveau deutlich an und sorgen für ein angenehmes Flair. Und er weiß sich zu benehmen. Keine auffälligen Brunftgeräusche während den Übungen. Keine unangenehmen Gerüche aufgrund diverser Abgasentwicklung. Eben stubenrein und vorzeigbar.

Es ist spät am Abend und die letzten Mitglieder verlassen überpünktlich das Studio. So kann auch ich sogar etwas vorzeitig zu machen. Es sind zwar nur 5 Minuten eher, aber auch das ist viel wert. Schließlich zählt beim Dienstschluss jede Minute.

Kapitel 2

Manchmal ist der Beruf als Fitnesstrainer psychisch sehr belastend. Natürlich ist es vollkommen logisch, dass man im Laufe der Zeit immer wieder die gleichen Fragen in unterschiedlichen Ausführungen zu hören bekommt. Es fangen permanent wieder Menschen mit Training an und diese bekommen logischer Weise ähnliche Inhalte vermittelt.
Es gibt zwar verschiedene Trainingsziele und Ambitionen, aber auch diese sind nicht endlos. So entwickelt sich eine Routine wie sie es bei fast jedem Job macht.
Unweigerlich erklärt man Tag für Tag verschiedenen Leuten die gleichen Dinge. Oft etwas anders verpackt aber inhaltlich stimmig.

Es wird schlimmer
Anstrengend wird es allerdings, wenn dieselben Personen beharrlich dieselben Fragen stellen. Wenn ich einige Tage vorher ein intensives Gespräch geführt habe und heute noch einmal von vorn beginne, mit demselben Mitglied und den gleichen Fragen.
Tom Frick ist wieder da und das bereits seit 2 Stunden. Ich gehe zu Dienstbeginn meine Runde um die Mitglieder zu grüßen. Wir machen dies mit einem kurzen „Hallo" oder einem zunicken. Eben irgendein Zeichen der Konversation. Und so sehe ich im Freihantelbereich der Männer schon aus der Ferne einen jungen Burschen stehen, welcher den

Spiegel genau betrachtet. Und ich weiß schon was jetzt passiert.

„Komm mal kurz her, bitte!"

Natürlich gehe ich hin. Man ist ja höflich und es könnte auch eine ernsthafte Frage sein.

„Guck mal! Mein Trizeps ist schon gewachsen, oder?"

Ich muss grinsen. Da steht ein erwachsener Mann vor mir. Er ist immerhin 18 Jahre. Und stellt mir voller Ernst diese Frage. Was soll man da antworten?

Das ist jedoch nicht das Nervige gewesen. Ich gehe wieder vor zur Theke und mach etwas Wichtigeres. Eigentlich lege ich nur mein Obst vom Tresen in die Schublade damit es dort ordentlich aussieht. Sogar diese banale Tätigkeit war bedeutend wichtiger als dieses Gespräch.

Es dauert 10 Minuten und Tom erscheint bei mir. Sie erinnern sich, dass wir uns bereits letzte Woche ausführlich über Doping und penible Fragen zum Training und Muskeln unterhalten haben? Ich riet ihm von Doping, Steroide und diesen übertriebenen Trainingszeiten, auf die Dauer bezogen, ab.

„Ich bin mittlerweile 2,5 Stunden am Training. Ist das zu viel?" fragt er jetzt. Ich erinnere nochmals. Wir sprachen zum letzten Training darüber.

Ich frage mich: *„Was will er hören? Will er Anerkennung? Hat er tatsächlich meine Hinweise vergessen? Will er nur reden?"*

Ich komme mir reichlich blöd vor das Gespräch erneut zu führen.

„Ein guter Kumpel spritzt gerade Testosteron. Soll ich das auch machen?" fragt er danach.

Ich kann ihm keine normale Antwort geben. Weil er mich dann morgen oder übermorgen erneut fragt. Was macht man mit so einem Mensch? An die Hand nehmen und immer wieder auf ihn einreden? Er soll ja nicht auf die schiefe Bahn gelangen. Oder ihm einen sanften Hieb auf den Hinterkopf geben, damit vielleicht etwas Positives im Kopf passiert?

In so einem Fall denke ich mir dann nur noch: *„ Ich hoffe mein Kind wird nicht so!"* Was anderes fällt mir dazu nicht ein. Was würde die Bäckerin sagen, wenn ich sie jeden Tag nach frischen Pflaumen frag?

Heute ist sowieso „der Tag der schrägen Leute". Ich konnte Tom jetzt ruhigen Gewissens abwimmeln, da betritt Sascha Möller mit großen Erwartungen das Studio.

Und wieder was Neues

Warum große Erwartungen? So wie er in das Studio stolziert möchte man meinen, dass er eine Art Applaus erwartet. Sascha tritt durch die Tür ein und schaut sich erst einmal langsam um. Er lechzt förmlich nach Menschen die ihn, wie entfernt auch immer, erkennen. Natürlich sollten diese Leute dann auch vorkommen und ihn begrüßen. Aber diesmal!?... Nichts!

Ich ignoriere ihn auch, absichtlich! Ich will nicht einer der Wellenreiter sein die ihn bestätigen. Kein Applaus, keine Bewunderung und nicht einmal ein begrüßender Blick. Der „Chef der Straße" scheint geknickt.

Im Grunde ist Sascha ja in Ordnung. Er hält sich für etwas Besonderes und das sollte man ihm hin und wieder aberkennen. Dann bleibt er auch auf dem Teppich. So wie viele Menschen unbedingte Bestätigung durch ihr Verhalten suchen macht er es eben auch. Natürlich spreche ich später trotzdem mit ihm und erfahre Erstaunliches, wenn auch wenig überraschend.

Die Lehre als Buchbinder hat er abgebrochen. Es ist nichts für ihn. Das war mir fast klar. Obwohl ich etwas dachte, dass er es diesmal wenigstens zu Ende bringt. Aber ein Abbruch mehr ist nun auch weniger schlimm im Lebenslauf. 3 oder 4 Schrammen am Auto. 3 oder 4 Kredite zum abzahlen. Was macht das schon aus.

Aber heikler als diese laxe Einstellung ist sein neuer Lebensplan. Die Eltern seiner Freundin besitzen einen großen Dreiseitenhof mit Restaurant. Und Sascha beginnt dort eine Ausbildung zum Koch.

„Bist du sicher, dass du Beziehung und Arbeit mischen willst?" frage ich ihn. Koch ist ein harter Job. Die Arbeitszeiten sind undankbar. Selten kommt Lob von den Gästen. Nur bei Kritik wird man kontaktiert. Es ist sicher nicht einfach. Und gerade Sascha will das machen? Ich bin sehr gespannt darauf. Eine Schildkröte im Hamsterrad ist nach meiner Meinung erfolgreicher als Sascha in diesem Beruf. Und dann noch zusammen mit den Schwiegereltern. Das wird mächtig interessant.

Einfach ganz normal

Nachdem ich von Sascha so die wichtigsten Neuheiten erfuhr betrat Sandy Schmidt das Studio. Sie ist eine ganz normale Person. Sandy trainiert maximal zweimal in der Woche und ist für den größten Teil eher keine schöne Frau. Mit ihren 33 Jahren sucht sie so langsam den Mann für ihr Leben, was sich allerdings als schwer entpuppt.

Das mag teilweise an ihrer Art zu reden liegen. Verstehen sie mich nicht falsch. Grundsätzlich bin ich der Meinung, dass jeder so seine Eigenarten hat und deswegen auch immer vorsichtig mit der Kritik von anderen sein sollte. Aber Gespräche mit Sandy sind immer sehr, naja, abtörnend. Wenn sie länger redet bildet sich eine nachteilige Menge an Speichel, welcher dann zu einer extrem feuchten Aussprache führt. Ich sage es einfach mal frei heraus: „Sandy sabbert extrem bei längeren Gesprächen."

Das ist für den Gegenüber wirklich nicht schön, da man häufig mit der Meidung und Beseitigung der oralen Auswürfe beschäftigt ist und somit das Gespräch nicht mehr angemessen verfolgen kann.

Sie ist eine sehr nette Person und macht ganz lieb ihr Training. Mir tut es auch ehrlich sehr leid um sie. Ich hoffe inständig, dass sie irgendwann ihren Partner findet. Ich gönne es ihr. Vielleicht hier im Studio?

Nach Sandy folgt gleich ein anderer optisch auffälliger Kunde.

Nicht so der sportliche Typ
Steffen würde gern einiges erreichen. Er ist groß aber dünn. Er ist auch nicht wirklich geformt sondern wirkt ähnlich einer unmotiviert aufgebauten Fernsehantenne. Behängen Sie diese Antenne mit irgendwelchen Lumpen und Sie haben eine Karikatur des Steffen Kaiser. Natürlich raucht er recht engagiert und scheint sein zotteliges, mittellanges Haar sehr zu lieben. Er liebt es so sehr, dass er ihm viele Freiheiten lässt. Es darf fallen wie es will und es darf auch gern mal schmutzig sein. Hauptsache es genießt Wind und Wetter auf dem großen Kopf.

Seine Trainingsziele sind gut gesteckt und durchaus nachvollziehbar. Aber sein Verhalten orientiert sich absolut nicht an den Zielen, weshalb diese wohl immer malerische Gedanken bleiben werden. Was Anton Beyer zu viel hat, das hat Steffen zu wenig. Aber man weiß nie wie es sich entwickelt. Ich habe schon die größten Verwandlungen, positiv wie negativ, bei Menschen beobachten dürfen.

Heute war ich der geballten Ladung seltsamer Mitglieder ausgeliefert. Aber ich denke, dass ich es ganz gut gemeistert habe und der Dienstschluss ist jetzt wirklich verdient.

Kapitel 3

Tom Frick! Sie fühlen sich genervt diesen Namen wieder zu lesen? Sie fragen sich vielleicht ob es mehrere Mitglieder mit diesem Namen im Studio gibt? Erst gestern ging es auf anderthalb Seiten ausschließlich um Tom. Heute fängt es wieder mit Tom an. Und Sie müssen wissen, dass ich nicht jedesmal von ihm erzähle wenn er uns mit seinem Besuch ehrt. Aber in diesem Kapitel mach ich es dennoch.

Lästern und Unzufriedenheit – es ist sein Leben
Bis jetzt kennen Sie Tom eher als Opfer in seinem Freundeskreis. Aber heute zeigt er sich mal ganz anders. Er teilt so richtig aus. Dem voraus geht natürlich erst ein übertrieben kritischer Umgang mit sich selbst.
Gestern noch hat er seinen Trizeps im Spiegel bewundert. Stolz zeigte er ihn und wartete auf Zuspruch. Sie erinnern sich?
Heute hingegen sagt er zu mir: *„Ich trainiere fast jeden Tag und es wird nichts!"*. Erinnern Sie sich noch an meine langen Unterhaltungen über Regeneration im Training? Darüber, dass er zu lange und zu oft trainiert?
Was antwortet man jetzt auf so eine Aussage? Ich weiß es nicht. Mir bleibt nichts weiter übrig als ihn nochmals besonders auf Trainingspausen hinzuweisen. Ich muss zugeben, dass ich dies nur noch halbherzig mache. Weil er sicherlich morgen dennoch wieder im Studio steht. Er wird wieder da sein und weiter fragen.

20 Minuten später sucht mich Tom erneut auf. Diesmal ist er ziemlich aufgebracht. Ich frage ihn was los sei.
Darauf er: *„Ach die sind doch alle bescheuert eh. Jetzt gehen die (seine Freunde Marcel Sembe, Torsten Reinhard, Anton Beyer) heute Abend zum Training. Erst hieß es, dass sie heute nicht zum Sport kommen. Da wäre ich doch heute Abend mitgegangen und nicht jetzt allein. Das war Absicht. Solche Idioten. Aber ich brauch die eh nicht. Ich habe anderes vor!"*
Krass! Diese Reaktion zeigt sein Problem. Es ist das Problem vieler Menschen, welche sich ungerecht behandelt fühlen. Er denkt jede Handlung der anderen steht mit ihm im Zusammenhang. Alle 3 Freunde haben also ein Komplott geschmiedet. Ein Komplott nur um ohne Tom zum Training zu gehen. Natürlich ist das im Bereich des Möglichen. Aber viel wahrscheinlicher ist doch, dass sie eben spontan beschlossen doch zu trainieren und gut. Aber Tom hat absolut verlernt so zu denken. Er bezieht das Negative auf sich und das Positive ist kaum der Rede wert. So macht er sich, wie viele andere Menschen, das Leben sehr schwer.

Diese, nach meiner Meinung, falsche Bewertung ermutigt ihn natürlich zum tratschen. Diesmal ist Anton Beyer sein Ziel. Sie erinnern sich an den schicken jungen Fitnesssportler von gestern? Tom macht sich lustig über seinen Internethandel.
Tom: *„Der tut immer so als würde er alles richtig machen. Sein Onlinegeschäft ist doch alles nur Beschiss. Der will mir erzählen wie ich mein Leben auf die Reihe kriege und*

Verhaltensregeln vorschreiben. Und der stickt zu Hause Logos von Firmen auf Sachen und verkauft die dann. So ein Beschiss!"
Hm. Ob da etwa dran ist weiß ich nicht. Sollte das stimmen wäre es von Tom nicht in Ordnung das einfach zu erzählen. Aber ich registriere und beobachte. Auf jeden Fall finde ich es sehr interessant, wenn man Antons Erzählungen in diesem Kontext betrachtet. Wer weiß wie sich das noch entwickelt.
Nachdem Tom Dampf abgelassen hat trainiert er verbissen weiter. Man spürt seine schlechte Laune deutlich. Er muss selbst seinen Weg finden damit umzugehen. Da kann ich ihm nicht helfen.

Heute scheint der Tag der Unzufriedenheit zu sein. Tanja Erder betritt das Studio. Auf dem ersten Blick natürlich wieder eine wahre Augenweide.

Einmal ausbrechen
Aber in einem tieferen Gespräch öffnet sie ihr ganzes Gemüt. Sie erinnern sich an ihre Situation? Ihr Mann Rolf macht wenig aus sich und raucht heimlich. Beide streiten sich ab und an des Geldes wegen. Aber der Frust sitzt tiefer. Tanja: *„Ich suchte gerade im Internet nach einem Hotel im Nachbarort. Ich möchte einfach raus und was anderes sehen. Mal schauen ob ich etwas Schönes finde."*
Hotel?! Nachbarort?! Das klingt interessant. Sie kotzt zu Hause alles an. Die sinnlose Lügerei des Mannes, seine Trägheit und die Probleme. Sie ist eine Frau die einmal

etwas erleben will. Dem Alltag endfliehen und mal etwas Besonderes erfahren.
Das wird sie aber nicht im Hotel des Nachbarortes finden. Außer sie sehnt sich vielleicht nach einer heißen und berauschenden Affäre. Die kann sie natürlich schon auch in der Nähe erleben. Aber das ist es wohl eher nicht.

Tanja: *„Ich wollte schon immer mal nach Paris. Aber mein Mann fährt nicht mit mir dahin. Er will es nicht."*
Ich sag zu ihr: *„Dann fahr doch allein. Das ist ein erfüllbarer Traum. Manchmal sind erreichte Träume sogar noch viel mehr wert, wenn man sie sich selbst ohne fremde Hilfe erfüllt."*
Sie glaubt mir. Sie redet von einem verlängerten Wochenende in Paris. Sie ist eine Frau die im Leben steht. So wirkt sie noch immer auf mich, einfach gefestigt.
Aber dann: *„Nein. Ich mach so etwas nicht. Das ist im Ausland und ich trau mich nicht. Bis dorthin fahren oder fliegen. Das ist nichts für mich."*
Wie bitte?! Ich versuche auf sie einzureden und sie zu ermutigen. Jedoch vergebens. Irgendetwas stimmt dort nicht. Nach außen hin die selbstständige starke und sehr schöne Frau die zu Hause das Finanzielle organisiert. Und dann verdient sie aber kein Geld, traut sich allein keine Reise zu und findet kaum Vertraute für Gespräche über private Dinge.
Während ich mir so meine Gedanken darüber mache klingelt das Telefon.
Mal was Anderes

Ich: *„ Schönen guten Tag. Was kann ich für sie tun?"*
Anrufer: *„Kannst du mal wegen meiner Bürste schauen?"*
Ich: *„Bürste? Wer ist denn da?"*
Anrufer: *„Ja. So eine marmorierte Bürste für langes dickes Haar. Die muss bei euch sein."*
Ich: *„Ich bin allein und kann nicht in die Frauenumkleide. Ich schaue später. Mit wem spreche ich?"*
Anrufer: *„Hier ist Tim."*
Ich: *„Aha. Ein Tim also (wir haben zum Glück nur einen Tim im Studio)! Ich schaue später."*
Anrufer: *„Warum eigentlich Frauenumkleide? Hier ist Tim!"*
Ich: *„Welcher Tim denn?"*
Anrufer: *„Na der vom Männerballett!"*
Ich: *„Ahhhh. Dann ist das deine Bürste."*
Anrufer: *„Ja, na klar!"*

…Witzig wie die Leute sich manchmal melden und sich so wichtig nehmen, dass man sie ohne Vorstellung gleich zu erkennen hat. Und natürlich muss ich auch wissen welche Art Bürste oder Kamm jeder verwendet.

Immer wieder
Es ist gerade recht wenig los und ich kann etwas Verwaltung eingeben. Dazu gehören Mitgliedschaften, Bankstornos, Zahlungen und eben sämtliche anderen Dinge der Vertragsorganisation.
Nach einer Weile unterbricht mich eine aufgeregte Stimme: *„Du, ich bin die Woche jetzt schon das dritte Mal da und hab 400g zugenommen. Das geht doch nicht, oder?"*

Gudrun Stein, die Meisterin des Desinteresses an Informationsaufnahme, äußert mal wieder ihren Unmut. Ich frage sie ob sie ihre Ernährung denn nun einmal umgestellt Hat.
Gudrun: *„Nein. Mein Mann will nichts anderes essen!"*
Hm. Und nun? Wie hält man diese Frau bei Laune? Ich versuch es nicht. Ich sag ihr ehrlich:
„Gudrun. Wir haben schon oft drüber geredet. Iss anders! Mehr kann ich dazu nicht sagen!"
Gudrun: *„Aber, ich trainiere so oft. Da muss das doch egal sein!"*
Ich: *„Na du merkst es doch! Es ist eben nicht egal."*

Sie sagt nur noch: *„Hm. Na schöne Scheiße…"* und geht. Und ich lasse sie. Wir drehen uns eh nur im Kreis. Und sollte sie mir auch nur ansatzweise zuhören, dann wird sie es nicht umsetzen. Das tut sie nicht, weil ihr Mann sonst verzichten müsste. Er kann ja nicht kochen.

Mit diesem letzten Eindruck verlasse ich nun auch das Studio nach meinem Dienst. Gudrun, Tom und Tim – wie verschieden die Menschen so sind.

Kapitel 4

Es ist recht wenig los heute zum Spätdienst. Das Wetter ist für einen Winter recht mild und es liegt nicht einmal Schnee. Vielleicht nutzen manche die Sonnenstrahlen für etwas Bewegung an der frischen Luft.
Über den Besuch eines Mitgliedes freue ich mich heute jedoch besonders. Markus Feiner kommt und diesmal ohne Frau.

Ein ganz anderer
Natürlich spreche ich ihn auf das letzte Training an. Wir reden da recht offen miteinander. Und seine Äußerung: *"Nicht einmal hier hat man seine Ruhe!"* möchte ich schon etwas genauer erläutert haben.
Aber er ist heute wieder ganz anders. Der harte Kerl der es drauf hat. Seine Antwort: *"Ich habe ihr zu Hause klar gesagt, dass ich Sex will und dies regelmäßig. Aber seit unserer Hochzeit ist da tote Hose. Ich sagte ihr auch, dass ich mir da etwas anderes im Studio suche. Ich habe da keine Angst davor und genug Möglichkeiten. Die Weiber. Heirate nie!"*
Achso! Also jetzt sprach der starke Mann. Er existiert immer dann, wenn schöne und starke Frauen, sowie die eigene Frau, weit weg sind. Wenn ich mich an dieses ziellose rumirren auf der Fläche und dieses Verhalten gegenüber der schönen Kerstin erinnere. Betrachte ich in diesem Kontext nun seine Aussage kann ich innerlich nur

schmunzeln. Eine sehr mächtige Fassade die er da von sich konstruiert.

Jaqueline Mirelli hat unser Gespräch mitgehört und etwas verstört zu uns gesehen. Aber irgendwie scheint es sie auch gereizt zu haben, denn sie sieht Markus wieder auf eine bestimmte Weise an. Ein auffordernder Blick, so kann man ihn vielleicht beschreiben.

Es vergeht ungefähr eine halbe Stunde und ich sehe beide auf der Trainingsfläche in angeregter Unterhaltung. Das fällt natürlich auf. Sollte Markus mit dieser überheblichen Fassade etwa bei ihr Eindruck gemacht haben? Ich versuch mich etwas in der Nähe aufzuhalten um dem Gespräch zu lauschen.

Es geht viel um Maria Feiner. Markus redet recht schlecht von seiner Frau und Jaqueline scheint wenig überrascht. Es fallen Sätze von ihr wie:

„Dann trenn dich doch endlich von ihr."

„Dass du das mitmachst."

„Warum versuchst du es überhaupt noch zu retten?"

Beide verstehen sich gut und Jaqueline hört Markus aufmerksam zu. Und er ist natürlich in seinem Element. Er kann sich darstellen und berichten wie abgeklärt und stark er seine Frau dominiert. Wenn Jaqueline letztens nur da gewesen wäre als Markus, Maria und Kerstin hier waren. Wie Markus angsterfüllt durch das Studio irrte. Jaqueline hätte ihn nicht wiedererkannt.

Beide führen ihre rege Unterhaltung fort und das Training wird wohl heute nicht mehr wirklich fokussiert.

Da betritt Tanja Erder das Studio. Sie fällt Markus gleich auf und er schaut auffällig nach ihr. Jaqueline bemerkt das natürlich, aber sie versucht es zu übersehen. Entweder weiß sie, dass Markus sie eh nicht anspricht oder aber Jaqueline versucht verständnisvoll und unkompliziert zu sein, um ihm zu gefallen.

Ein großer Schritt
Es dauert nicht lange und Tanja kommt zu mir. Sie erzählt mir voll Freude und Stolz, dass sie jetzt ein Hotel gefunden hat. *„Ich habe gestern noch lange gesucht und ein schönes Wellnesshotel entdeckt. Ich habe gleich angerufen und es gebucht. Dieses Wochenende ist es so weit. Mein Mann war ganz verdutzt, dass ich es mache. So richtig recht ist es ihm nicht. Aber es ist mir egal!"*
Wohlgemerkt bezieht sich diese Begeisterung auf ein Hotel im Nachbarort. Ich freue mich sehr für sie und diesen „großen Schritt". Obwohl ich zugleich sehr erstaunt über die Situation bin. Eine so nach außen starke und selbstbewusste Frau sieht es als großen Schritt für sich an, wenn sie ein Hotel bucht, welches 20 Minuten Autofahrt entfernt liegt?
Ich bin sehr gespannt wie sie davon berichten wird. Was wird ihr dieser Ausbruch, auch wenn es ein kleiner ist, bringen? Was nimmt sie für sich mit?
Ich glaube nicht, dass sie es weiter bringt. Schließlich kommt sie danach zurück in ihren Alltag. Was soll sich ändern? Ich denke Tanja muss etwas Großes machen. Etwas Abwegiges was den Horizont ihrer Möglichkeiten

beträchtlich erweitert. Allerdings wird sie am besten wissen was ihr gut tut. Ich bin gespannt.
Es gibt immer wieder Menschen, welche ungeahnte Beschränkungen in ihrem Leben erfahren. Beschränkungen, welche sie niemals mitteilen würden und welche man auch nicht vermutet hätte. So habe ich heute ein lustiges Telefonat führen dürfen.

Ein ganz Großer
Sie erinnern sich an Marcel Sembe? Ein groß gewachsener und kräftiger Typ. Sein arrogantes und überhebliches Auftreten ist oft Ziel der Lästereien in seinem Freundeskreis. Er läuft immer in dieser typischen Poserhaltung durch das Studio. Im Grunde, so denkt er, steht er über jedem. Er sieht sich als Maßstab und ihm erscheint es vollkommen abwegig, dass sein Auftreten überzogen und deplatziert ist. Natürlich berichtet er jedem auch voll informiert über seine ganzen Supplemente für sein Training. Er gibt sich als umfassend belesen und als wichtige Kompetenzperson.
Supplemente sind diverse Kapseln, Getränke und Eiweißsorten für intensives Training. Sie dienen der Leistungssteigerung und sollen Muskelwachstum fördern. Er konsumiert, nach seinen Aussagen, viel da von. Man muss ihm allerdings zu Gute halten, dass er nur legale Produkte nutzt. In meinen Augen ist es Geldschneiderei. Da gibt es Extrakte diverser Bergwurzeln, welche die Leistung steigern. Dann gibt es Produkte, welche die Bildung von Wachstumshormonen auf verschiedenem Wege fördern

sollen. Toll klingt die Werbung immer. Aber die Wirkung reduziert sich meistens auf den Placeboeffekt.

Und Marcel kennt alles davon. Nach seinen Angaben hat er zu Hause den Kühlschrank und die Regale der Küche voll vereinnahmt und seine Produkte dort platziert.
Heute bekam ich einen Anruf. Sein Vater war am Apparat:
Vater: *„Marcel hat bei ihnen Eiweiß gekauft?"*
Ich: *„Ja. Das ist richtig."*
Vater: *„Ich möchte nicht, dass er mit so etwas anfängt."*
Ich: *„Aber er ist 17 und hat es bar von seinem Geld gekauft.*
   Dass wir es ihm verkaufen ist rechtens."
Vater: *„Marcel weiß, dass er das nicht darf. Verkaufen sie*
   Ihm so etwas bitte nicht mehr!"

Natürlich respektiere ich den Wunsch eines Vaters und sperre Marcel für den Verkauf. Aber es ist schon komisch. Wie er von den ganzen Produkten erzählt und diese angeblich alle zu Hause hortet. Jetzt kommt heraus, dass der Eiweißbeutel das erste Produkt ist, welches seine Eltern sehen. Entweder versteckt er die anderen Produkte, welche er angeblich im Internet kauft, zu Hause oder aber er nimmt sie einfach nicht. Zumindest stimmt es nicht, dass er seine Supplemente zu Hause überall lagert. Das zeigt der Anruf ganz deutlich.
Was treibt einen Jungendlichen dazu das zu erzählen? Warum baut er sich so eine Fassade auf und am Ende stellt sich heraus, dass er zu Hause alles verboten bekommt?

Jedenfalls ist es ab jetzt sehr interessant ihn zu beobachten wenn er wieder seine Erfahrungen und großen Sprüche bringt. Wie er es zu Hause durchsetzt, dass er sein „Zeug" überall haben darf. Und wie seine Eltern das alles absolut tolerieren. Natürlich werde ich keinem seiner Freunde etwas davon erzählen. Ich musste auch dem Vater versprechen, dass ich Marcel nichts von dem Anruf sage. Obwohl das nicht aus bleiben wird, wenn wir ihm den Kauf von Produkten verwehren. Etwas müssen wir ihm ja als Grund sagen.
Interessant ist es schon, wenn man die Wahrheit kennt und sein Verhalten beobachtet. Das sind schon zwei verschiedene Welten.

Marcel ist fertig mit seinem Training und ich habe auch Feierabend. Wir unterhalten uns draußen noch etwas belanglos und jeder geht daraufhin seinen Weg.

Kapitel 5

Heute zum Frühdienst erlebe ich mal wieder das schöne Miteinander unserer älteren Generation. Es ist auffällig, dass sie sich sehr umeinander kümmern. Wenn jemand einige Male nicht da ist dann wird immer gleich nach der Person gefragt. Es ist sehr schön so eine Gemeinschaft zu beobachten. Die achten schon aufeinander. Da muss ich als Trainer natürlich auch aufpassen. Negative Erfahrungen der Mitglieder mit uns werden schnell weitergetragen und auf einmal hat man dann eine ganze Scharr gegen sich. Und die können verdammt hartnäckig in Diskussionen sein. Glauben Sie mir!
Andersherum sind die Älteren jedoch viel verständnisvoller. In erster Reaktion sind sie zwar mehr auf Konfrontation aus und schnell aufgebracht. Aber dies legt sich in der Regel wieder und es hat kaum große Nachwirkungen. Sie sind viel weniger nachtragend.

Sie kennt jeder
Besonders bekannt ist Frieda Reiß. Sie ist ehemalige Direktorin und setzt sich übertrieben stark für die Belange ihrer Gruppe ein. Sie geht vorzugsweise in die Kurse, was Gruppentraining bedeutet. Die Kursteilnehmer sind in ihren Augen die wichtigsten Menschen des Studios. Und die Teilnehmer des Kurses den sie besucht sind natürlich wichtiger als die Teilnehmer anderer Kurse, logisch!
Frieda kommt dreimal pro Woche zum Sport und bleibt eisern dabei. Es tut ihr gut und auch die Gesellschaft ist für

sie sehr wichtig. Ich denke viele der Älteren schätzen hauptsächlich das Miteinander. Es ist einfach schön für sie. Nicht jede mag Frieda und ihr übertriebenes Kümmern um die einzelnen. Sie mischt sich in Streitgespräche ein, trägt den anderen die Kursutensilien hinterher und reserviert Plätze für einige regelmäßige Teilnehmer.

Und doch mögen es viele, dass sie sich für deren Interessen einsetzt. Manchmal sind es Kleinigkeiten. Beispielsweise hatte eine Kursteilnehmerin Geburtstag und wollte im Studio eine Kafferunde geben. Normalerweise ist so etwas nicht gestattet. Wenn jedes Mitglied Kaffee und Kuchen mitbringt und das in geselliger Runde im Eingangsbereich essen und trinken würde, dann hätten wir dort bald eine permanent besetzte Klatsch- und Tratschecke.

Aber Frieda fragt sehr bestimmend für sie und auf eine Art und Weise, dass man es eigentlich nicht verneinen kann. Und in dem Fall machen wir dann eben auch mal diese Ausnahme. Sollen sie ihre Runde machen und es genießen. Es ist ja auch schön für sie.

Wen mittlerweile auch viele kennen, nur in einem gänzlich anderen Kontext, ist Tom Frick.

Eine Erfolgsgeschichte

Warum schon wieder Tom? Gibt es nichts Anderes zu berichten? Nun Tom vereint viele seltsame Typen und Klischees in seiner Person. Heute zeigt er eine neue Seite von sich: den „erfolgreichen" Glücksspieler.

„Bei mir in der Nähe gibt es ein total krasses Casino. Dort gewinnst du immer. Nicht nur ich sondern auch die anderen. Erst letztens habe ich über 200€ gewonnen."

Hm. Ich frage Tom nur: „Warum gehst du denn noch arbeiten und nicht jeden Tag einfach ins Casino?" Gleichzeitig klopfe ich ihm auf die Schulter und rede weiter, sodass er nicht in die ernsthafte Verlegenheit kommt wirklich antworten zu müssen.

Tatsächlich, so berichtet er, gewinnt er dort seit den letzten Wochen immer dreistellige Summen. Verluste schreibt er keine!

Das Problem bei vielen Glücksspielern ist, dass sie ihre Verluste gern verschweigen und parallel dazu auch vergessen. Oder sie reden es sich schön und glauben das dann selbst. Noch besser sind jene Leute, welche neues Geld abheben und dann sagen sie hätten es gewonnen. Eigentlich haben sie es gewonnen, wenn sie nicht einen bestimmten Fehler gemacht hätten. Der Fehler war blöd und darum zählen er und der daraus resultierende Verlust einfach nicht. So ist das Casino eben die Erfolgsgeschichte schlechthin.

Genauso klingt die Geschichte vom Casino in dem jeder gewinnt. Aber ich warte mal ab und lass mir auch die nächsten Wochen berichten. Man weiß ja nie. Ich bin gespannt.

Sein Kumpel Torsten Reinhard kommt auch gerade ins Studio.

Seine Ziele verfolgen

Auch wenn Torsten zwar gern lästert, was in seinem Freundeskreis ein großer Eckpfeiler ist, so scheint er recht bodenständig zu sein. Auch das Training läuft gut und er ist diszipliniert. Torsten ist noch immer in seiner Abnehmphase und hat jetzt binnen einer Woche 2 Kilo verloren.

Er redet sich nichts schön und ist auch ehrlich nach außen. Seine konsequente Ernährung ist der Grund für den Erfolg. Man sieht es auch schon recht gut. Die Arme sind definierter und das Gesicht wirkt markanter. Er hat auch rundum eine sehr positive und vitale Aura.

Ich bin der Meinung das liegt auch am gesunden Essen. Viele Mitglieder fangen beim Abnehmen an gesund zu essen. Das muss nicht zwangsläufig so sein. Man kann auch mit ungesunder Ernährung abnehmen. Glücklicherweise assoziieren die Leute aber gesundes Essen mit Gewichtsreduktion. So führen das Training und die Ernährung automatisch zu einer besseren Lebensqualität und einem erhöhten Wohlbefinden.

Man kann sagen, dass er mehr Energie und Antriebskraft ausstrahlt und somit auch eine besondere psychische Ruhe zeigt. Er ist auf einem sehr guten Weg. Solche Effekte muss man allerdings fühlen und dann auch dabei bleiben. Das ist das große Problem vieler Mitglieder. Der kurze Erfolg funktioniert oft ganz gut. Aber wenn dieser dann erreicht ist, was dann? Dann fallen viele in ihr altes Laster zurück. Es bedarf einer gewissen geistigen Reife diesen Weg auch zukünftig eben nicht wieder zu verlassen.

Vielleicht kriegt er die Kurve
Einer der vielleicht auch einen Wendepunkt im Leben erfährt ist Sascha Möller. Ich habe es ja nicht geglaubt, dass er mit der neuen Ausbildung bei den Schwiegereltern so gut fährt. Aber er spricht recht positiv darüber, was mich überrascht.
Sascha: *„Es ist schon anstrengend solche langen Schichten. Und dann immer am Wochenende arbeiten. Aber ich komm zurecht und hab mich gut eingelebt. Ich bin zu ihr gezogen und mit den Eltern funktioniert es auch schon besser. Wir streiten manchmal. Aber das passt schon. Ich fühl mich dort gut."*
Ich freue mich darüber. Wenn das so bleibt, dann hätte ich mich tatsächlich in ihm getäuscht. Ich glaubte nicht, dass er mit der intensiven Arbeit und der wenigen Freizeit klar kommt. Dann die Nähe zur Familie und der Freundin. Man sieht sich ja privat sowie auf Arbeit. Dass gerade Sascha damit so gut umgehen kann ist bemerkenswert.
Aber es ist ja auch erst von kurzer Dauer. Ich bin mal sehr gespannt wie das so weiter geht. Jedenfalls würde ich mich wirklich für ihn freuen. Aber irgendetwas sagt mir, dass nicht alles so rosig bleibt. Es ist spannend.

Das kommende Wochenende soll ganz schön werden. Ich freue mich darauf und bin auch schon auf die nächste Woche gespannt. Man weiß nie wie sich so manche Dinge entwickeln. Meistens jedoch anders als man vermutet hätte.

Teil 3

Kapitel 1

Diese Woche beginnt womit die letzte geendet hat. Tom Frick! Was hat er zu berichten? Was geschah am Wochenende? Ein hoher Casinogewinn? Vielleicht wieder lobende Anerkennung seines extremen Muskelaufbaus? Oder, als Pendant dazu, kritische Späße zu seinem aufwändigen Training und seinem geringen Erfolg? Er könnte natürlich auch wieder die bereits bekannten Fragen stellen.

Ich brauche niemanden
Interessant ist seine Art das Gespräch zu suchen schon. Ich stehe in seiner Nähe und er äußert: *„Ach! Alles scheiße eh!"* Dabei schaut er mich erwartungsvoll an. Bewusst antworte ich ihm nicht. Ähnliches passiert noch dreimal. Nur verwendet Tom andere Sätze: *„Das nervt alles.", „Ich habe keinen Bock mehr!"* und *„ Die werden schon sehen!"*.
Schlussendlich kommt Tom zu mir und fragt mich nach meinem Wochenende. Da die meisten Menschen das eher fragen um von sich zu berichten, da sie die Gegenfrage: „Und wie war deins?" erwarten, frage ich Tom eben nach seinen Erlebnissen. Und mein Gefühl war richtig denn er legt sofort los.

„Ach ich wollte Samstag was mit diesen Idioten (Marcel Sembe, Anton Beyer, Torsten Reinhard und ein paar andere) unternehmen. Dann haben die mich einfach nicht mitgenommen. Ich saß dann zu Hause und die machten sich einen schönen Abend!"

Hm. Wenn das so stimmt ist es natürlich ziemlich blöd für Tom. Das kann ich verstehen. Aber ich frage erst einmal nach, denn meist endpuppen sich die Dinge dann ganz anders.

Ich: „ Wie lief das denn ab?"

Tom: „Na wir haben am Wochenende trainiert. Da wollten wir uns später am Abend treffen. Und die haben das dann einfach ohne mich gemacht."

Ich: „Wie kam das denn? Ihr habt euch doch hier etwas ausgemacht?!"

Tom: „Naja. Der Zeitpunkt stand noch nicht fest und ich wusste noch nicht ob ich kann."

Ich: „Und wie haben die sich dann verabredet?"

Tom: „Über unsere Whatsapp-Gruppe."

Ich: „Hm? Da hast du es doch gewusst."

Tom: „Ja. Aber die haben das ohne mich besprochen."

Ich: „Du kannst doch immer schreiben!"

Tom: „Ja. Aber die schreiben hin und her und keiner fragt nach mir. Da ging ich dann auch nicht hin."

...

Also an dieser Stelle sehe ich wieder ganz klar, dass Tom wirklich ein Problem hat. Der Sinn von solchen Gruppen ist doch, dass jeder etwas beisteuern kann. Er ist aber der

einzige, der persönlich in der Gruppe angesprochen werden will. Er macht sich so das Leben selber schwer. Und er drängt sich selbst ins Abseits. Mal sehen wie das weitergeht.
Jedenfalls will Tom nichts mehr mit denen zu tun haben. Er wendet sich nun anderen Freunden zu, da er ja sehr viele hat – sagt er zumindest.
Solche Äußerungen versuchen meistens etwas Gegenteiliges zu kompensieren. So schätze ich auch die folgenden Aussagen von Markus Feiner ein.

Ein ganz starker Kerl
Heut kommt er allein ins Studio. Und er hat Großes zu berichten.
Markus: *"Mensch! Das Wochenende hat es wieder gezeigt. Ich hab es schon raus mit den Weibern. Gleich 3 hätte ich Samstag abschleppen können. Die stehen einfach auf mich. Ein Verlust, dass ich so vernünftig bin. Ich könnt sie alle beglücken!"*
Was für ein Selbstvertrauen! Was für ein toller Mann! Nur ein wenig so sein wie er und das Leben ist einem wohl gesonnen. Es muss toll sein Markus Feiner zu sein. – Solche Reaktionen würde er sicherlich gern hören. Vielleicht ist er auch schon so weit, dass er tatsächlich so denkt.
Hier versucht ebenfalls einer mächtig zu kompensieren. Ob es die Frau zu Hause oder das fehlende Abenteuer ist weiß ich nicht. Er verdrängt den Gedanken, falls das alles wirklich so geschehen ist, dass manche Frauen auch gern nur etwas spielen und austesten wie weit der Gegenüber gehen

würde(!). Markus ist so einer, der es dann lieber nicht weiter treibt und sich im Schein des möglichen Erfolges rühmt. Die Frau muss da schon dran bleiben, damit es ernster wird. Er ist wie ein Rennfahrer der sagt, dass er das schnellste Auto hat. Er könnte immer gewinnen, aber er fährt nie ein Rennen mit. Und warum? Einen Grund würde er finden: zu gefährlich. Keine Zeit. Viel zu tun. ...
Es passt, dass Tanja Erder ins Studio kommt. Markus beobachtet sie genau. Er findet sie ziemlich anregend. Das weiß ich, denn ich kenne seinen Geschmack sehr gut. Und seine Augen verraten es außerdem.
Ich sage ihm: *„Sprech sie doch mal an."*
Markus: *„Ne. Ich will mal in Ruhe trainieren."*
Genau! Die Antwort war mir klar. Ich war nur an der Begründung interessiert.

Das Abenteuer
Etwas später komme ich mit Tanja ins Gespräch und frage sie nach dem Wellnesshotel. Sie erinnern sich daran? Tanja traute sich endlich mal allein in den Urlaub und buchte ein Wellnesshotel im Nachbarort. Auch wenn ich das persönlich nicht als den großen Ausbruch des Lebens beurteile, so scheint es ihr sichtlich gut getan zu haben.
Tanja: *„Es war total schön. Ich nutzte den Wellnessbereich ausgiebig und bin gestern wandern gewesen. Es tat so gut komplett umsorgt zu werden und sich einfach mal zu entspannen. Fernab aller Pflichten und Mühen."*
Hm. Ich kann mir das sehr gut vorstellen. Eine Frau, welche zu Hause den gesamten Haushalt machen muss, hat nie

wirklich Urlaub. Da fällt ja immer wieder etwas an. Man kann sich das vielleicht wie einen Angestellten vorstellen, der mal nach 3 Jahren in einen Kurzurlaub fährt.
Bei aller Einsicht denke ich dennoch, dass sie das Grundproblem zu Hause damit nicht gelöst kriegt. Sie hatte das tolle Erlebnis und empfand die Abwechslung als anregend. Sie wird davon etwas zehren und sich besser fühlen. Aber sie wird irgendwann auch mit den gleichen Nervigkeiten wie zuvor konfrontiert werden.
Vielleicht gibt ihr das alles einen Schuss mehr Selbstvertrauen um auch eigene Träume zu verfolgen. Es könnte der Anfang einer neuen Charaktereigenschaft werden. Eigene Träume allein anzugehen und sie sich selbst erfüllen. Und vielleicht landet Tanja dann auch einmal in Paris, wie sie es gern will.

Immer das Günstigste und Beste
Vor Selbstvertrauen strotzen und eine starkes Auftreten dazu hat unser Arne Schwiel. Er ist recht groß gewachsen und zeigt eine sportliche Ausstrahlung. Er ist jetzt nicht der muskelbepackte Athlet aber man sieht, dass er etwas tut. Das gepflegte Äußere verliert er selbst im Training nicht und sein charmantes Auftreten ist immer sehr angenehm. Er trainiert manchmal alleine und manchmal mit seiner Frau Maika.
Arne besitzt eine Versicherungsagentur. Irgendwie passt das genau zu ihm. Dass es gut läuft und er erfolgreich ist wundert mich auch nicht. Er ist so ein Typ dem man vertraut. Man hat sofort den Eindruck, dass er weiß was er

tut. Und er kann mit seiner intelligenten Ausstrahlung einfach überzeugen.

Es beruhigt mich, dass er ganz ähnliche Erfahrungen wie wir macht. Es geht um die lieben Kunden und das exorbitante Verlangen nach Einsparungen.

Arne: *„Die Leute möchten komplette Absicherungen und persönliche Betreuung. Dabei sollten die Beiträge aber nicht größer sein als jene, welche sie bei reinen Internetanbietern finden. Es ist selbstverständlich, dass wir mit unserem Preis runter gehen müssten."*

Genauso ist es bei uns. Die Leute halten uns die Preise eines Fitnessdiscounters vor und verstehen nicht, dass sie bei uns mehr zahlen müssen. Unsere Betreuung ist viel aufwändiger und es sind auch immer qualifizierte Trainer in der Anlage. Dieses Argument scheint nicht zu zählen. Persönliche Betreuung und immer jemand zum reden. Das wird gefordert. Aber es muss günstig sein.

Wann lernen die Menschen endlich, dass das nicht harmoniert? Dass man für bestimmte Leistungen auch Geld zu bezahlen hat. Einen Fiat bezahlen und einen Porsche fahren wollen. Naja, mittlerweile sehe ich das gelassen.

Mein Spätdienst neigt sich dem Ende und das Studio ist bereits schon vor der offiziellen Schließzeit leer. Das freut mich natürlich besonders, denn ich komme richtig pünktlich nach Hause.

Kapitel 2

Heute habe ich einen Mitteldienst und bin ab 12:00 Uhr im Studio. Und was ich zu Beginn erlebe ist sehr untypisch.

Das Richtige ändern
Gudrun Stein kommt erst zur Mittagszeit. Das ist tatsächlich ungewöhnlich, da Gudrun sonst immer vor der Öffnung bereits am Studio wartet. Manchmal kommt sie auch am späteren Nachtmittag. Aber nie zur Mittagszeit. Denn was ist da allgemein? Natürlich Essenszeit! Und das passt für ihren Mann überhaupt nicht. Die Begründung heute ist allerdings denkbar einfach.
Ihr Mann hatte nach dem Aufstehen derartig Hunger, dass sie ihn unmöglich allein lassen konnte.
"Das wollte ich nicht tun. Da gehe ich lieber später zum Sport. Der Arme war so hungrig."
Gudrun ist extrem versiert auf ihre festen Abläufe. Für sie scheint es unmöglich etwas Flexibilität in ihre Trainingszeiten zu bringen. Genauso wie sie auf keinen Fall das Essverhalten der Familie verändern kann.
Aber wenn es sein muss geht es eben doch. Die Umstände ergaben, dass sie erst am Mittag zum Training kann. Zugegeben, die Art der Änderung ist wirklich nicht der Rede wert. Aber es geht mir darum, dass sie Veränderungen durchführen kann und trotzdem alles harmonisch bleibt im Leben.
Warum jetzt nicht doch einmal das Essverhalten ändern? Eher zu Abend essen oder gesünder kochen? Warum dem

Mann früh nicht einfach Müsli mit Milch geben? Das wird er doch allein hinkriegen. Es muss ja nicht immer Rührei mit Speck sein.

Natürlich würde dies alles zu weit gehen. Nebenher muss ich mir wie zu erwarten mal wieder anhören, dass Gudrun nicht abnimmt. Es funktioniert trotz Sport nicht. Es ist wie immer:

„Gudrun! Stell die Ernährung um! Iss früher zu Abend! Lass die Fette weg!" Gudrun hört kaum zu und erwidert lediglich:

„Aber mein Mann. Der macht das nicht mit. Mein Mann trinkt auch zu viel Bier." Mein Mann, mein Mann, mein Mann… . Langsam beginne ich echt daran zu zweifeln ob sie auch nur ansatzweise abnehmen will! Und er weiß vielleicht nichts von ihrem Willen abzunehmen. Vielleicht würde er sich dann ganz anders verhalten?

Und ist das nicht schon genug, da kommt der nächste, heute recht launische, Gast.

Das Umfeld

Sascha Möller zieht ein ziemlich unzufriedenes Gesicht. Ich habe meinen Termin für einen Trainingsplan gerade fertig gemacht und gehe zu ihm. Ich bin mal gespannt was ihm auf der Seele liegt. Ich tippe mal auf die Ausbildung und das Zusammenwohnen mit den Schwiegereltern.

Sascha: *„Mich kotzt das hier an. Nur alte Leute und keiner meiner Kumpels hier. Das ist doch scheiße!"*

Aha! Sie erinnern sich vielleicht, dass Sascha meist den Anschein erweckt, dass er nach Anerkennung und

Bewunderung giert? Das kann er zu dieser Tageszeit allerdings vollkommen vergessen. Und das fehlt ihm.

Wirklich weiterhelfen kann ich Sascha bei dem Problem allerdings nicht. Es ist nun einmal so, dass verschiedene Leute zu entsprechenden Zeiten trainieren. Früh und Mittag sind es hauptsächlich Rentner, Schichtarbeiter, Freiberufler und Studenten oder Schüler. Größtenteils also Leute welche Sascha eben nicht anhimmeln. Tja, damit muss er leben.

Eine Überraschung

Es ist gegen Nachmittag und Rolf Armin betritt das Studio. Sie haben schon von ihm gehört. Er ist Mitglied bei uns aber trainiert extrem selten. Ich denke er war das letzte Mal vor 3 Monaten hier gewesen. Da habe ich ihm einen neuen Trainingsplan zusammengestellt. Ich muss Ihnen sicher nicht sagen, dass das vollkommene Zeitverschwendung gewesen ist. Seine Frau hingegen trainiert regelmäßig bei uns und ist auch sehr erfolgreich.

Rolf ist ein träger Mensch. Er hat keinen Spaß beim Sport und sieht es auch als extreme Last an. Ich verstehe in solchen Fällen nicht weshalb er überhaupt kommt. Es ist tatsächlich ein absolut unsinniges Training. Schon allein weil er dann sicherlich die nächsten Wochen wieder nichts macht.

Ich rieche auch seinen Rauch. Bestimmt hat er vor dem Sport noch schnell eine Zigarette geraucht um Antrieb und Kraft zu bekommen. Oder um sich bei Laune zu halten. Seine sportlich und gesundheitlich ambitionierte Frau weiß nicht, dass er raucht. Zumindest denkt er das.

Ahnen Sie wer Rolf ist? Er ist der Mann von Tanja Erder! Bis jetzt kennen Sie und ich lediglich die Version von Tanja. Die Gründe ihrer Unzufriedenheit wegen der Lügen des Mannes und der Raucherei. Mal sehen ob Rolf auch etwas durchblicken lässt.

Er ist da leider wenig offen. Da er so selten trainiert ist auch nicht die persönliche Basis für ausschweifende private Gespräche gegeben. Zumindest aber geht er mit dem Zigarettenthema sehr offen um und sagt auch frei heraus, dass er heimlich raucht.

Ich erinnere mich an die Gespräche welche Tanja schilderte. Sie unterstellt ihm das Rauchen und er verneint es konsequent. Es ist amüsant, dass er voller Zuversicht sagt:

„Ich rauche immer heimlich. Tanja merkt das nicht."

Dass ich im Hinterkopf die Ausführungen von Tanja habe sage ich ihm natürlich nicht. Er glaubt wirklich, dass sie es nicht merkt. Entweder hält er sie für unglaublich dumm oder er ist unglaublich desinteressiert an den Menschen seiner Umgebung und merkt wirklich überhaupt nichts. Denn normalerweise muss er erkennen, dass sie es weiß.

Ein anderes Pärchen kommt heute gleich zusammen trainieren. Wie schön das doch ist. Markus und Maria Steiner betreten zusammen das Studio.

Und wieder Kontrolle

Heute machen beide einen etwas harmonischeren Eindruck. Ein schönes Bild. Sie reden normal und laufen sogar nebeneinander! Wie untypisch.

Etwas verwundert mich die Trainingszeit. Markus kommt sonst immer recht spät am Abend. Heute ist er bereits gegen 16:00 Uhr im Studio. Da hat er natürlich Glück, da zu diesem Zeitpunkt keine Frau im Studio ist, welche in sein Beuteschema fällt. Und Jaqueline kommt sowieso immer erst später am Abend.

Es ist für Maria ein richtiger Vorzeigebesuch. Er trainiert ohne Blickkontakt zu anderen Frauen. Er kann mit seiner Maria sprechen ohne aufpassen zu müssen, dass andere merken wer seine Frau ist. Sehr entspannt für ihn.

Ich vermute ganz stark, dass Markus das absichtlich so organisiert hat. Seine Frau ist derzeit skeptisch und beobachtet ihn genau. Dass er zu Hause nicht den großen Macker raus hängen lässt, wie er immer sagt, dürfte mittlerweile vollkommen klar sein. Also ist auch nichts mit klarer Ansage, dass er sich eine andere sucht, so wie er es behauptet hat. Da nimmt er sie zu einer Zeit mit, bei welcher die Versuchung sehr gering ist. Nach dem Motto:

„Siehst du Schatz. Keine fremden Weiber."

Und er küsst sie ganz offen auf der Fläche und steht zu ihr als Frau. Es gibt auch keinen Grund das nicht zu tun, denn es sieht ja keine andere.

Ob Maria das durchschaut? Sie war ja schon am Abend mit und hat genau gesehen was los ist. Vielleicht will sie es glauben und belässt es dabei. Für Markus jedenfalls war es eine tolle Scharade und hätte nicht besser laufen können.

Beide trainieren noch etwas und ich habe jetzt auch Dienstschluss. Vielleicht komme ich mal dazu Markus nach dieser Show heute zu fragen. Das war schon ein gutes Schauspiel.

Kapitel 3

Heute hab ich Frühdienst und ziemlich lange bis in den Abend hinein. Dass die Mitglieder früh bereits Schlange stehen ist mittlerweile allgemein bekannt. Ich mache dann immer das Gleiche. Ich versuche aus dem Sichtfeld zu kommen, damit die Leute mich nicht beobachten können. Da der Eingangsbereich ebenerdig und unsere Front voll verglast ist, wäre man den Blicken der Wartenden sonst schutzlos ausgeliefert.

Konfrontation
Auch Frieda Reiß kommt heute zum Training. Sie macht es aber ganz normal. 15 Minuten nach der Öffnung betritt sie das Studio. Der große Schwung in der Umkleide ist durch und sie kann sich in Ruhe umziehen. Eigentlich ein recht simples Vorgehen, das viel Stress erspart.
Allerdings scheint sich jemand bei ihr beschwert zu haben. Es könne nicht sein, dass man im Kalten vor dem Studio warten muss, nur weil es noch nicht offen hat. *„Das ist auch gefährlich für die Gesundheit!"* sagt sie.
Frieda beschwert sich lautstark bei mir darüber. Es betrifft sie nicht. Aber, so ist sie eben, sie setzt sich für die Belange der anderen ein. Jedoch ist sie in diesem Fall bei mir an der falschen Adresse. Ich sage ihr deutlich:
„Frieda. Wir machen schon seit Jahren zur gleichen Zeit auf und keine Minute früher. Ebenso warten seit Jahren die Ungeduldigen vor dem Studio und stehen an. Es gibt keinen

einzigen Grund anzunehmen, dass wir auf einmal eher öffnen. Das werden wir auch nicht tun."
Frieda entgegnet:
"Du kannst die Leute doch drinnen warten lassen. Die stören doch nicht. Was soll denn das? Hab dich nicht so!"

So geht es noch eine Weile hin und her. Grimmig geht sie dann rauf in den Kurs und wir reden heute kein Wort mehr miteinander.
Das ist nicht das erste Mal, daher mache ich mir da nichts daraus. Ich weiß, dass Frieda zum nächsten Training ganz normal sein wird und dies alles vergessen ist. Sie versucht es eben und das mit viel Engagement. Wenn es klappt ist es gut und wenn nicht, dann ist es vergessen.
Frieda fühlt sich hier ein wenig verantwortlich für ihre Schäfchen.

Endlich mal Erfolge haben
Ein anderer der sich heimisch fühlt ist Mark Schichtler. Sie haben schon von ihm gelesen. Er trainiert fast jeden Tag und ist weit öfter da als wir Trainer. Sein Trainingserfolg hält sich allerdings im Rahmen, was eher bedauerlich ist wenn man seine investierte Zeit betrachtet.
Jetzt hat er sich das große Ziel „Abnehmen" gesetzt. Eigentlich ist er zu bewundern. Mit wie viel Eifer er am Training bleibt obwohl die optischen Erfolge recht dürftig sind. Aber er bleibt dran!
Zumindest das Abnehmen sollte mit dem Trainingsaufwand kein Problem sein. Er hat so einen hohen Energieumsatz

und wirklich riesige Beine, allein sein linkes Bein verbrennt bestimmt so viel wie ein kleinerer Mann, da muss das von ganz allein funktionieren.

Mark hat sich zu dem Thema Ernährung umfangreich belesen und erzählt mir genauestens was er tut. Vom Frühstück bis zum Abendessen weiß ich komplett über seinen Tagesablauf bescheid. Er ist sehr penibel und erläutert fachmännisch präzise.
Seine Art zu reden ist allerdings ziemlich demotivierend. Er hat einen permanent gleichen Tonfall und baut auf skurrile Art Witze in seine Erzählungen ein. An sich sind Späße ganz gut. Jedoch verfällt man beim Zuhören derartig in eine Art Trance, dass man die Witze komplett verpasst. Um nicht ganz unhöflich zu erscheinen lache ich einfach wenn er zu lachen beginnt.
Hinzu kommen seine abrupten Themenwechsel. Das macht eine Unterhaltung nochmals komplizierter. Stellen Sie es sich so vor:
„Ja und da esse ich dann ungefähr 40g Kohlenhydrate. Nicht zu spät nach dem Training und auch nicht zu schwer. Aber lecker müssen sie sein. Da kann ich gleich mal ein Kilo Schokolade essen (HAHA Witz-Pause). Nene. Ich versuche dann Fisch zu essen. Da haben die im Kaufland ganz gute Angebote. Dort habe ich die Tina mal getroffen und mit zu mir genommen (HAHA Witz-Pause). Quatsch. Psssst (Er versucht sich ab und an selbst zu ermahnen und hält seinen Finger auf seinen Mund, begleitet von „Psssst". So deutet er an, dass das Gesagte schmutzig, unpassend, unreif oder

seltsam ist.).Ich musste dann sowieso zeitig ins Bett weil ich früh raus muss. Das ist blöd wegen Training. Früh geh ich gern. Da ist es ruhig. Aber keine schönen Kurse. Wollt ihr das mal ändern? (Ich will zum antworten Luft holen) Ne, wegen mir nicht. Ich bin doch unwichtig...bla bla bla"
Er kann das ewig so weiter führen. Alles ohne Betonung und in derselben Tonlage. Sehr anstrengend.
Und weil dieser eine eigenartige Mensch nicht genug ist kommt jetzt mal wieder Tom Frick ins Studio.

Einfach ganz normal
Ich bin schon gespannt auf seine Versuche Aufmerksamkeit zu erhaschen und auf seine besonderen Fragen. Kurz nach Tom erscheint auch Anton Beyer. Beide gehören zu dem tratschenden Freundeskreis mit noch Torsten Reinhard und Marcel Sembe.
Anton ist der kreativste Typ der Gruppe was Geld verdienen angeht. Ich frage mich wie er zu den Casinogeschichten von Tom steht. Aber ich erzähle ihm natürlich nichts davon. Ich höre nur zu. Beide scheinen sich ganz gut zu verstehen und trainieren einfach ordentlich.

Anton hat eine abgeschlossene Berufsausbildung und geht voll arbeiten. Parallel dazu verfolgt er seine Selbstständigkeit. Er verkauft Kleidung, ganz grob gesagt, und hat damit recht gut Erfolg. Zumindest nach außen hin. Er sieht immer schick aus und fährt auch einen neuen Mercedes. Also es scheint mindestens zu laufen.

Positiv an ihm ist, dass er diesen Erfolg keinem direkt unter die Nase hält. Er redet zwar viel und präsentiert diverse Lebensweisheiten. Aber es klingt nicht besserwisserisch und er lässt auch jedem seine Meinung. Er ist da ein ganz sympathischer Typ.
Im Hinterkopf habe ich natürlich die Aussage von Tom, dass er Fälschungen verkauft. Aber ob da etwas dran ist weiß ich nicht. Zumindest ist heute auch keine Spur von derartigen Lästereien, Missgunst oder anderen falschen Spielen.
Heute trainieren beide einfach wie zwei gute Kumpels. Ich denke es ist immer davon abhängig wer sonst von der Gruppe noch anwesend ist. Wenn sie zu dritt oder gar zu fünft sind, dann ist es eine Katastrophe. Dann spielen sie sich gegeneinander aus und machen sich eben lustig. Wie abhängig das Verhalten doch von anderen Menschen ist.
Wer heute auch gut trainiert ist Kerstin Leipnitz.

Immer am Ziel orientieren
Sie hat ja ihre Ernährung umgestellt und hält sich eisern daran. Man sieht ihr auch schon im Gesicht an, dass sie etwas abgenommen hat. Es steht ihr sehr gut. Sicherlich nicht so viel, aber es passt eben. Sie wirkt athletischer und vitaler.
Oft kommt das nicht nur durch die Gewichtsreduktion sondern auch einfach durch das gesunde Essen. Die Leute sehen dadurch gesünder und eben fitter aus. Da wir dieses Aussehen oft mit Gewichtsreduktion gleichsetzen unterstellen wir innerlich, dass die Person abgenommen hat. Das ist oft aber nicht unbedingt der Fall. Tatsächlich hat sie

nämlich „nur" 300g verloren, was eigentlich nichts ist. Denn das Gewicht schwankt in der Regel um 500-1000g. Durch Essen, Wasserhaushalt und ähnlichem sind derartige Schwankungen, gerade bei Sportlern, vollkommen normal.
Kerstin hat einfach Form in ihren Körper gebracht, was ihr ein athletischeres Aussehen verleiht. Und gerade bei Menschen, welche schon schlank sind, geht Fettreduktion nicht immer mit Gewichtsabnahme einher.

Aber wie die meisten motiviert auch Kerstin sich über das Gewicht. Also belasse ich es dabei und lobe sie einfach. Denn sie sieht die 300g als Erfolg. Und sie ist ja erfolgreich. Sie ist eine der wenigen im Studio, die die nötige Ernsthaftigkeit und Willensstärke mitbringen.

Ich habe jetzt Dienstschluss und mache auch noch etwas Training hier. Irgendwie ergibt es sich, dass Kerstin und ich gemeinsam trainieren. Wir verstehen uns recht gut und die anderen Mitglieder schauen natürlich sofort. Ich weiß schon was die jetzt gleich wieder denken und rum erzählen. Aber daraus mach ich mir nichts mehr. Die Leute brauchen Tratsch. Das tut ihnen gut und sie fühlen sich dadurch wohl.

Kapitel 4

Heute ist ein sehr sonniger und warmer Tag. Eigentlich ziemlich untypisch für die Wintermonate. Aber es tut auch gut wie die Sonne durch unsere Glasfront herein scheint und den Eingangsbereich erhellt. Ich fühle, dass die Leute gleich viel offener und redseliger sind.

Eine Trennung ist immer schwer
Anton Beyer ist heute gleich wieder da und diesmal allein. Er steht nachwievor gut im Training und hat eine athletische sowie gesunde Ausstrahlung. Man merkt ihm seinen Kummer überhaupt nicht an. Aber er ist da und Anton erzählt mir davon.
„*Letzte Woche habe ich mich von meiner Freundin getrennt. Es ist echt schwer gewesen. Aber sie hat wenig Verständnis für mich und mein Geschäft. Ich habe dadurch eben wenig Zeit und bin auch manchmal nicht pünktlich. Aber dass deswegen jedesmal Streit entsteht macht mich echt fertig. Das will ich nicht mehr haben.*
Es ist auch schade um die Eltern, da ich mich mit denen sehr gut verstehe. Das macht mir alles gerade ziemlich zu schaffen. Aber ich schaue nach vorn. Das passiert und ich bin noch jung."
Damit hat er recht und es zeigt sehr gut wie realistisch er damit umgeht. Auch finde ich es toll, dass er sich nicht reinreden lässt und erst einmal seinen Weg weiter gehen will.

Aber man sieht ihm seine Belastung trotzdem an. So etwas ist eben immer sehr schwer und so richtig drüber hinweg kommt man eigentlich nie. Irgendwann vergisst man es oder begräbt es zwar innerlich. Doch wenn einmal die Erinnerungen hoch kommen weckt das auch die Emotionen.

Anton scheint es so langsam für heut zu verdrängen und lässt sich über Tom Frick aus. Genau! Sein Kumpel, mit dem er gestern hier beim Training gewesen ist. Die beiden verstanden sich ja recht gut. Aber heute, wenn Anton allein ist, dann merkt man davon nicht mehr sehr viel. Er ist und bleibt eben eine Tratschtante.
Etwas fällt mir jedoch auf. Die Lästerei wird stärker, wenn eine ungerade Anzahl der Gruppe da ist. Bei eins, drei und fünf Leuten ist es wirklich extrem. Sind sie allerdings zu zweit oder eben vier, dann hält es sich im Rahmen. Hm. Das werd ich mal beobachten.
Anton geht und ein neues besorgtes Gesicht betritt das Studio.

Auf dem falschen Weg
Tanja Erder kommt heute erst nach dem Mittag zum Training und macht einen sorgenvollen Eindruck. Ist die ganze Erholung aus dem Wellnessurlaub schon verflogen?
Hat sie der alte Trott zu Hause so schnell wieder eingeholt?

Wir kommen ins Gespräch und diesmal geht es um etwas ganz anderes. Die Tochter von Tanja ist 17 Jahre jung und macht gerade eine kritische Phase durch. Sie kümmert sich um nichts und lässt alles schleifen. Selbst Tanja, die eine lockere und kumpelhafte Mutter ist, kommt nicht zu ihr durch. Sie vermutet sogar, dass da Drogen im Spiel sind.

Es geht auch soweit, dass sie manchmal nicht nach Hause kommt und irgendwo schläft. Ok, man muss ihr zugestehen, dass sie mit 17 schon fast erwachsen ist. Aber es gehört sich einfach, dass man sich zu Hause meldet und bescheid gibt. Egal ob man im Streit ist oder nicht.
Tanja zumindest hat ihr auch nachgesagt, dass sie nicht selbstständig wäre und allein auch nicht zurecht kommt. Hm. Das stimmt sicherlich, aber ich find das sehr provokant. Das habe ich ihr allerdings nicht gesagt. Mit der Aussage könnte sie eben bewirken, dass sich die Tochter noch mehr absondert und versucht das Gegenteil zu beweisen.
Aber ich habe noch keine Kinder und kann mir da überhaupt kein Urteil bilden. Ich stelle es mir nur sehr belastend vor, wenn man zusehen muss wie sich das Kind gerade die Zukunft verbaut. Man kann zwar später noch viel nachholen. Aber das sind immer unnötige Erschwernisse und Umwege. Und so etwas nur, weil man mit den falschen Leuten Zeit verbringt. Irgendwann im Leben wird es einem immer wieder klar: „Hätte ich damals mal auf meine Eltern gehört." Die Einsicht kommt immer zu spät.

Das Thema: „falscher Umgang" passt gerade sehr gut, denn es kommt Sascha Möller ins Studio. Ein Typ wie er wäre ganz sicher der falsche Umgang.

Die „gute" alte Zeit

Wie Sascha dieses Familienleben führen will ist mir ein Rätsel. Ein zuverlässiger Mitarbeiter im Familienunternehmen? Das kann ich mir nicht vorstellen. Er erzählt mir ganz stolz von seinen früheren „geilen" Zeiten.

Sascha: *„Da war ich in der Disco und wurde von 3 Typen angemacht. Da habe ich mir einen Hocker genommen und bin auf die los. Ich kenne da nichts und schlage einfach wild um mich. Mich hat es zwar erwischt aber die auch ganz ordentlich!"*

Verstehen sie mich nicht falsch. Grundsätzlich finde ich es gut, wenn sich jemand verteidigt. Und ich finde es auch gut wenn jemand keine Angst vor einer gegnerischen Überzahl hat. Aber(!) er erzählt es so voller Elan und Freude. Man merkt, dass er es genießt. Er sucht förmlich diese Situationen. Ich glaube, dass er immer wieder in dieses Muster zurückfallen wird. Und ob er sich mit dieser Neigung langfristig unterordnen kann bezweifle ich. Dieses normale heimische Familienleben mit der Arbeit als Zentrum? Diese normalen familiären Gespräche und das ruhige Beisammensein? Ich kann es mir nicht vorstellen. Aber man weiß ja nie. Ich bin gespannt.

Und noch ein Rettungsschwimmer

Thomas Reinke betritt das Studio. Er ist so ein typisch aufgepumpter Kraftsportler. Für viele wirkt er eher beängstigend. Aber er ist ein sehr netter und lieber

Mensch. Seine Art zu reden und der Umgang mit anderen Personen sind ungemein angenehm.

Außerdem mag ich sein Training. Bei uns gibt es hin und wieder das Problem, dass manche Mitglieder extrem verstörende Laute von sich geben. Intensives Stöhnen und eine lautstarke Atmung sollen auf die Anstrengung im Training verweisen. Eine sehr individuelle und fragwürdige Art der Suche nach Anerkennung. Noch schlimmer sind Leute mit Kopfhören. Diese hören ihre extremen Geräusche meistens nicht und so fällt jegliche Verhaltensregel. Ich bezweifle da manchmal, dass ich es mit erwachsenen "normalen" Menschen zu tun haben soll.

Thomas hingegen trainiert ruhig und bedacht. Obwohl ich auch weiß, dass er früher einmal diverse Zusatzmittel genommen hat, so ist er heute ein vorbildlicher Sportler mit guten Trainingsansichten. Jeder kann sich da ändern. Das zeigt er ganz deutlich.

Mit diesem positiven Eindruck endet mein heutiger Dienst und ich gehe noch ein wenig die Sonne genießen. Wer weiß wann es wieder so schön wird.

Kapitel 5

Wie der eine so auch der andere. Gestern hat sich Anton Beyer noch über seinen Kumpel Tom Frick ausgelassen. Heute ist es eben genau anders herum. Tom Frick kommt während meiner Frühschicht allein zum Training.

Klatsch und Tratsch
Er grinst schon wieder so seltsam in meine Richtung. Tom ist und bleibt ein kurioses Wesen. Mit seinem Gesichtsausdruck will er mich, so vermute ich, ermutigen ihn anzusprechen. Aber ich mache es wie so oft und warte einfach mal ab. Wenn ihm etwas auf dem Herzen liegt, dann kann er gern auch direkt zu mir kommen. Es dauert keine 10 Minuten und Tom sucht mich mit folgender Äußerung auf:
Tom: *„Das war vorgestern krass oder?"*
Ich: *„Was meinst du?"*
Tom: *„Na Anton. Wie er sich benommen hat und das Getue."*
Ich: *„ Ich verstehe nicht. Was war denn?"*
Tom: *„Na der hat doch extrem einen auf Macker gemacht. Mit seinem Muskelshirt und seinem Gerede. Der denkt auch dass er sonst jemand ist."*

Also damit habe ich jetzt selbst bei Tom nicht gerechnet. Was war denn da los? Anton und er haben sich ganz normal benommen. Keiner hat sich irgendwie profiliert oder

versucht sich abzuheben. Ich kann Tom überhaupt nicht verstehen.
Ich zeige ihm auch klar, dass ich absolut nicht seiner Meinung bin. Ich glaube im Inneren auch nicht, dass er das ehrlich meint. Daher frage ich noch einmal genauer nach:
Tom: *„Der hat sich doch immer im Spiegel bewundert. Und jedesmal wenn er vor ging hat er darauf geachtet wie ihn andere anschauen. Der denkt echt er wäre etwas Besseres. Das nervt mich und die anderen."*

Also ich glaube, dass Tom den klassischen Fehler macht. Er unterstellt anderen das was er selber tut. Der Spruch „Was ich denk und tu trau ich anderen zu" bewahrheitet sich so oft. Es ist verblüffend.
Tom braucht immer Bestätigung. Sie erinnern sich sicherlich an seine Fragen bezüglich seiner Arme, Schultern, Erfolge und Muskulatur. Fast schon peinlich waren diese Gespräche. Er sehnt sich nach Anerkennung. Und wenn er diese wirklich einmal bekommt, dann hält der Effekt nicht sonderlich lange an. Und dann steht Tom wieder auf der Matte und will mehr. Da es sich in seiner Welt primär darum dreht unterstellt er dieses auch allen anderen.
Dass Anton etwas narzisstisch ist kann man zwar nicht von der Hand weisen. Aber keinesfalls in dieser Ausprägung wie es Tom sagt. Tom projiziert seine Eigenschaften auf Anton.

Man kann das sogar weiter treiben. Da Tom sehr viel lästert geht er automatisch davon aus, dass wiederum die anderen über ihn lästern. Das animiert ihn natürlich weiter zu machen. Ein Teufelskreis entsteht. Ein Teufelskreis, welchen man sich ganz allein gebaut hat.

Jedenfalls missgönnt Tom dem Anton seinen Trainingserfolg. *"Er hat so viel Zeit!"*, *"Der nimmt doch was!"* und *"Wenn der mal richtig arbeiten müsste!"* sind seine Argumente. Naja. Mal sehen wie sich diese Freundschaft so entwickelt.

Tom geht und Torsten Reinhard kommt. Ich würde sofort darauf wetten, dass Tom vermutet Torsten wolle nicht mit ihm trainieren und kommt deswegen später.

Da kann man nichts machen
"Schön, dass du nicht eher gekommen bist oder mich gefragt hast ob ich später auch Zeit habe. Ich merke mal wieder wie gute Freunde wir wirklich sind. Viel Spaß beim Training. Du brauchst mir nicht antworten."

So lautet die Nachricht von Tom an Torsten, nachdem Tom das Studio verlassen hat. Torsten macht sich darüber eher lustig als dass er betroffen wirkt.

Torsten: *"Wir haben vom Training geschrieben. Aber ich wusste noch nicht wann ich gehe. Ich hatte noch ein paar Dinge zu erledigen und bin danach direkt hergekommen. Das ist echt ein Witz diese Reaktion. Ich verstehe nicht wie man so drauf sein kann. Vor allem ist das immer so. Er versucht immer irgendwelche negativen Dinge für sich zu finden. Er kann einem leid tun. Eigentlich ist er richtig beschissen dran."*

Torsten trifft es genau. Tom macht sich selber das Leben schwer und braucht eigentlich Hilfe. Ich habe ja auch schon versucht mit ihm zu reden. Aber er glaubt so etwas nicht. Er denkt dann eher, dass man sich auch lustig über ihn macht.

Torsten lässt das jetzt bei Seite und macht sein Training. Er antwortet ihm auch nicht. Ich glaube das ist die beste Reaktion darauf. Was soll er auch machen?

Wie läuft die Ernährung?
Melina Reisdorf kommt zum Training. Sie erinnern sich an sie? Eine sehr attraktive Frau und ganz leicht untersetzt. Melina hat ein wahnsinnig attraktives Gesicht und eine unwahrscheinlich erotische Wirkung auf Männer. Sie möchte gern abnehmen und macht unseren Ernährungskurs mit. Ich komme mit ihr ins Gespräch und frage sie nach den Fortschritten.
Melina: *„Ach naja. Ich setze das alles schon so um. Zumindest soweit ich es kann. Aber ich nehme nicht ab. Ich trainiere regelmäßig und geb mir echt Mühe. Aber ich werde mein Ziel bis Sommer wohl nicht schaffen."*
Hm. Mein Gefühl sagt mir allerdings, dass sie ihre Ernährung kaum umgestellt hat und eigentlich normal weiter isst. Meistens sind die Leute dann nicht ehrlich und verschweigen aus Scham ihre Nachlässigkeit. Ich stelle dann zum Test ganz gezielte Fragen:
Ich: *"Was hast du heute gegessen?"*
Melina: *„Heute früh? Heute war es nicht so gut. Ich habe nur einen Kaffee getrunken und ein Stück Kuchen gegessen."*
Ich: *„Was hast du denn gestern Abend gegessen?"*

Melina: *„Da kam ich erst spät von Arbeit. Ich habe mir da etwas Chinesisches bestellt."*
Im Grunde brauch ich nicht mit ihr weiter reden. Ich fragte nach zwei wichtigen Mahlzeiten und beide sind einfach komplett falsch. Ich sag Melina auch, dass ich ihr ihre Veränderung in der Ernährung nicht glaube. Sie hat sie kaum verändert und macht weiter wie früher.
Ich: *„Es ist kein Vorwurf. Aber daran merke ich, dass du nicht wirklich abnehmen willst. Du würdest gern etwas weniger wiegen. Andere würden gern muskulöser, schicker, geduldiger, sportlicher, mutiger oder schlagfertiger sein. Aber etwas gern sein würden und auf etwas hinarbeiten ist ein großer Unterschied. Und du arbeitest nicht daran."*

Ernährungsumstellung, Raucherentwöhnung, Sport treiben oder gesünder Essen sind Dinge, die muss man einfach machen. Da gibt es nichts zu diskutieren. Alles andere sind nur Ausreden. Und Melina muss einfach das machen was wir ihr sagen. Tut sie es dann nimmt sie ab. Tut sie es nicht, dann bleibt sie etwas mollig.
Ich habe ihr das so direkt und klar gesagt. Sie versteht es auch. Ich bin mal gespannt wie das weiter geht.
Mein Dienst ist nun bald vorbei und das Wochenende steht vor der Tür. Die letzte Kundin für mich heute ist Barbara Briefmann.

Alles ganz normal
Barbara trainiert bei uns und ist eine ganz durchschnittliche Frau im mittleren Alter. Sie gehört im entfernteren Kreis

auch mit zum Team, da sie Gymnastikkurse gibt. Barbara arbeitet im Bereich Joga und Rückenschule. Sie haben ja schon von ihr gehört. Die Kurse sind zwar beliebt, jedoch auch nicht der große Renner. Sie wirkt sehr sachlich und es fehlt ihr einfach etwas an Pepp. Da hat eben jeder so seine Art. Doch die Leute fühlen sich gut aufgehoben und das zählt schlussendlich.
Sie ist mit ihren kurzen braunen Haaren nicht so der klassische Blickfang für die Männer, da sie auch sehr unscheinbar wirkt. Aber daraus macht sie sich nichts. Sie kommt mit den Leuten gut aus und geht einfach ihren Weg. So hört man weder Gutes noch Schlechtes von ihr. Ich denke sie führt ein entspanntest ruhiges Leben als Physiotherapeutin. Zumindest wirkt sie sehr ausgeglichen.

So wirke ich jetzt auch, da mein Feierabend nun ran ist. Ich freue mich auf das Wochenende und darüber, dass ich den Leuten erst einmal fern bin. Auch wenn ich gespannt auf so manche Entwicklungen bin und mich schon auf neue Informationen freue, so bin ich auch froh jetzt einfach meine Ruhe zu haben.

Teil 4

Kapitel 1

Es ist bereits Ende Januar und ich muss wirklich sagen, dass der Zustrom in dieser Boomzeit nachgelassen hat. Früher konnte man sich in den Wintermonaten kaum im Studio bewegen. Heute hingegen ist es recht überschaubar und angenehm gefüllt.

Doch nicht alles so schön?
Sascha Möller kommt trainieren und scheint erneut recht unzufrieden. Heute sind allerdings auch Leute in seinem Alter und aus seinem Bekanntenkreis da. Was da wohl wieder falsch läuft?
Nach etwas Zeit kommt Sascha zu mir und klagt mir sein Leid.
„Die Eltern sind echt nicht normal. Die reden uns überall rein und dann sehe ich die noch ständig auf Arbeit. Dort müssen die auch noch den Chef raushängen lassen. Also das ist echt nicht mehr normal. Ich wäre heute fast ausgerastet und hätte dem Vater eine runter gehauen. Irgendwann mach ich das auch noch."

Naja. Es war absehbar, dass dieser Zusammenzug nicht ganz so einfach wird wie anfangs gedacht. Ein rebellischer Typ,

der bis dato noch keine klare Linie im Leben hat, zieht zu seiner Freundin. Das ist an sich schon heikel, da sich beide noch nicht so lange kennen. Jetzt liegt die Wohnung auf dem Dreiseitenhof der Eltern.
Sicher, sie zahlen keine Miete. Das ist ein Vorteil. Aber(!) da muss man zwangsläufig ein paar Einschränkungen in Kauf nehmen und sich nun einmal unterordnen. Das hat Sascha in seinem Leichtsinn sicherlich extrem unterschätzt.
Und hinzu kommt, dass er im Unternehmen der Familie arbeitet. Also muss er sich gleich in zwei Bereichen unterordnen und einfügen. Das war von vorn herein klar. Aber Sascha schien das nicht so zu bedenken oder absolut falsch einzuschätzen. Zusammen arbeiten und zusammen wohnen. Alles zusätzlich mit den Schwiegereltern gemeinsam. Da treffen zwei Welten aufeinander. Sie könnten ebenso versuchen einen Marathonläufer und einen Dartspieler für ein gemeinsames Hobby zu begeistern. Vielleicht, mit viel Glück, würde es irgendwie gelingen. Aber die Chance ist ungemein gering. Ich bin sehr gespannt wie das weitergeht.
Sascha geht missmutig an die Geräte und vollbringt heute ein richtiges Frusttraining. Das ist vielleicht ganz gut. Soll er mal am Eisen etwas Dampf ablassen.
Ich sehe zum Eingang und beobachte wie Tanja Erder wieder zum Sport kommt. Ich bin jedesmal erneut hingerissen. Die Ausstrahlung dieser attraktiven Frau. Es ist wirklich Wahnsinn. Und immer wenn ein Mann im Eingangsbereich steht und sie sieht, dann kommt er ins stottern und schaut sie einfach nur an. Er schaut und

träumt. Wir kommen auch gleich ins Gespräch. Tanja hat ja immer etwas zu berichten.

Und noch ein Problem
Heute soll es mal nicht um ihre Tochter gehen. Ich traf einmal ihren Sohn beim Einkaufen. Er macht eine Lehre in einem Lebensmitteldiscounter. Dazu erzählt mir Tanja gleich eine Geschichte:
„Die Chefin dort ist extrem unfair zu ihm. Sie sagt ihm oft, dass er nichts kann und sich ein Beispiel an den anderen nehmen soll. Das ist ja klar denn er ist ja in der Ausbildung. Da habe ich aber noch nichts gesagt.
Dann war er mal eine Woche krank. Und die Chefin hat ihn dann richtig rund gemacht. Was er sich einbilden würde und dass er danach nicht wiederkommen brauch. Da bin ich zu ihm auf Arbeit und habe mit ihr gesprochen.
Ich sagte ihr, dass es meinem Sohn nicht gut geht und er nun einmal krank ist. Und dass ihr Verhalten ihm gegenüber absolut unverschämt und demotivierend sei. Sie hat ihm vor den ganzen Kollegen scharf kritisiert und war fast schon beleidigend! So eine richtige Bloßstellung war das."

Hm. Also ich finde es zwar sehr lieb von ihr, dass sie sich so einsetzt. Aber ich glaube ehrlich gesagt nicht, dass sie ihm damit einen Gefallen tut. Er muss doch selber lernen für sich zu sprechen und sich durchsetzen. Da kann ihm nicht immer die Mutti helfen. Und ich glaube auch nicht, dass die Chefin wirklich so schlimm ist. Also das ist ja immer etwas subjektiv von solchen Erzählungen her. Wie oft reden

Kinder schlecht über ihre bösen Lehrer und die schlimme Direktorin. Auch da wissen die Eltern doch, dass sie so etwas nicht überbewerten dürfen.
Und was die Krankmeldungen angeht bin ich auch etwas anderer Meinung. Da ist Tanja bei mir an der falschen Adresse. Man sollte sich auch mal durchbeißen und eben nicht gleich die ganze Woche zu Hause bleiben. Da gebe ich der Chefin in gewisser Weise auch etwas Recht. Aber ich kenne die Umstände nicht gut genug um irgendwie Partei zu ergreifen. Daher höre ich zu und behalte meine Meinung vorerst bei mir.
Mir tut es nur um Tanja etwas leid. Zuerst wirkte sie immer so gestanden, zufrieden und stabil. Und jetzt, so nach und nach, kommen ihre ganzen Probleme und Umstände ans Tageslicht. Man merkt, dass ihre Welt alles andere als solide ist.
Aber zumindest ist sie recht tapfer und überspielt das alles ziemlich gut. Auf dem ersten Blick merkt man ihr diese Dinge nicht an. Sie geht durch das Leben und verbreitet Positives. So ist sie weiterhin die attraktive, sportliche und ehrgeizige Frau. Eine Frau welche auch Thomas Reinke gefällt.

Ein eigener Geschmack
Thomas kommt gerade trainieren. Er fällt wie immer gleich auf und somit bemerke ich natürlich auch sofort seinen Blick. Wie er Tanja fokussiert.
Ich bin etwas überrascht. Thomas steht eigentlich auf andere Typen von Frauen, unter anderem wesentlich älter

als Tanya. Sie ist Anfang 40. Thomas hingegen, er ist Mitte 40, steht auf Frauen welche mindestens 50 Jahre jung sind. Da war er schon immer ziemlich eigen und hatte ganz klare Vorstellungen. Warum er so auf das Alter fixiert ist erschließt sich mir nicht ganz. Es ist aber schon seit langem das erste Kriterium bei ihm, wenn es um das Thema Frauen geht.

Aber heute scheint er da etwas anders zu ticken. Und Tanja genießt es als angenehme Ablenkung von ihren privaten Problemen.

Sie macht noch ein paar Übungen und verlässt uns schließlich. Ich drücke ihr sehr die Daumen, dass ihre Probleme, die kleineren und größeren davon, sich bald verflüchtigen. Und dass sie vielleicht etwas mehr Gelassenheit bekommt, was bei ihrem Sohn sicherlich angebracht wäre.

Ein wenig später ist mein Dienst auch zu Ende und ich trainiere noch etwas an den Geräten. Es ist gerade wenig los und da bietet sich das an. Meistens sprechen mich die Mitglieder auch während des Trainings an und wollen eben über ihren Plan oder ihre persönlichen Belange reden. Das ist schon etwas störend. Daher umso besser, dass heute kaum jemand da ist.

Kapitel 2

Heute habe ich wieder einen Mitteldienst. Ich bin daher von Mittag bis zum frühen Abend im Studio. Von der Arbeitszeit ist es eher etwas unangenehm. Allerding eine gute Mischung der Charaktere der Mitglieder. Von jedem Schlag etwas dabei.

Noch immer gut dabei
Ich habe ihnen schon von Irmgart Schnelle erzählt. Sie ist Ende 70 und geht gern zur Stepaerobic.
Die letzten Male hat sie den Kurs immer etwas eher verlassen. Sie hat es konditionell nicht mehr geschafft. Irmgart tat mir innerlich schon etwas leid, da es sie selbst richtig stört. Sie ist da recht ehrgeizig und will so lange es geht alles mitmachen.
Umso schlimmer wird es sich sicherlich anfühlen wenn sie auf einmal merkt, dass so langsam eben nicht mehr alles geht.
Heute nimmt sie wieder an einem Kurs teil. Ich werde versuchen sie nach dem Kurs abzufassen und sie einfach mal loben. Sie wird ja sicherlich wieder etwas eher gehen. Solche Anerkennung ist ganz wichtig, gerade wenn sie das Gefühl hat nicht mithalten zu können. Ich habe nicht viele Termine und kann die Treppe vom Kursraum gut im Auge behalten.
Es sind nun knapp 30 Minuten rum und ich schaue verstärkt in Richtung der Stufen. Aber Irmgart sehe ich nicht. Mittlerweile ist schon eine dreiviertel Stunde vorbei und ich

sehe sie nicht. Schade, da hab ich sie wohl verpasst. Da mach ich das beim nächsten Mal.

Nach einigen Minuten ist der Kurs beendet. Irmgart wird wohl schon in der Umkleide und wahrscheinlich in der Sauna sein.

Die Teilnehmer kommen nach und nach die Treppe herunter. Auf einmal staune ich nicht schlecht. Irmgart ist nämlich dabei! Sie hat wieder die ganze Stunde durchgehalten. Kein Abbrechen sondern sie hat das komplette Programm durchgezogen. Wo viele Leute aufgeben und sich nicht so sehr anstrengen wollen macht diese Frau einfach weiter. Und warum? Weil sie es eben kann und auch will!

Ich gehe zu ihr und zeige ihr meine Freude darüber und sie ist auch ganz stolz. Es war zwar anstrengend gewesen, mehr als sonst, aber sie hat es geschafft.

Etwas zu schaffen oder nicht zu schaffen entscheidet sich ganz wesentlich im Kopf. Er bestimmt ob wir weiter dran bleiben oder gleich aufgeben. Irmgart hat das heute eindrucksvoll bewiesen. Da kann sie ziemlich stolz sein.

Es ist am frühen Nachmittag und hier ist gerade echt tote Hose. Also wirklich überhaupt nichts los. Und die vier oder fünf Mitglieder die trainieren machen ihr Ding vor sich hin.

Heute wieder allein

Ein wenig später, gegen den frühen Abend, kommt Markus Feiner dann auch ins Studio. Mich würde sehr interessieren wie er das letzte Training mit seiner Frau kommentiert.

Aber ich spreche ihn nicht darauf an. Sie erinnern sich doch? Es war um eine Zeit zu der wenig los war. Beide trainierten ganz passabel zusammen und wirkten etwas harmonisch. Zumindest sprachen sie miteinander und hatten weder Wut im Gesicht noch Hass in der Stimme. Das ist schon was Besonderes für die.
Aber es war fast klar, dass dies nur eine Scharade für Maria gewesen ist. Das Vorzeigetraining ohne Zwischenfälle, welches sie beruhigen sollte. Heute ist es anders. Jaqueline kommt nämlich ungefähr 10 Minuten nach Markus ins Studio. Und das ist genau die Situation, welche Markus bei seinem letzten Training zu dieser Zeit vermieden hat.

Beide verfallen sogleich in tiefe Gespräche und kommen nicht zum Training. Wirklich kein Training! Sie sitzen im Eingangsbereich und reden, reden, reden. Hauptsächlich geht es wieder um Markus. Er schimpft über seine Frau und wie „herrisch" sie zu ihm ist. Jaqueline hört zu und kommentiert wenig. Sie fragt eher interessiert, obwohl ich nicht glaube, dass sie tatsächlich interessiert ist. Denn er erzählt ja nun nicht wirklich Neuheiten.
Nach einer Weile kommt auch sie tatsächlich einmal zu Wort. Sie berichtet von ihrem Partner und dass es nicht mehr so gut läuft. Es klingt fast so, dass sie irgendwann die Trennung erwägt. Wie Markus darauf wohl reagiert? Ich denke das versucht auch Jaqueline herauszufinden.
Bedenklich! Markus geht da kaum darauf ein. Er antwortet nur: *„Ich hab doch schon immer gesagt, dass der nicht so zu dir passt."* Gut, das ist eine „ehrliche" Positionierung.

Aber(!) etwas ausführlicher sollte die Reaktion schon sein. Aber so kommt es nicht. Stattdessen...

Wichtige Geschäfte ???
Anton Beyer kommt ins Studio und geht auf beide zu. Sie sitzen so im Empfangsbereich, dass man auf sie zugehen muss, damit man in die Umkleiden gelangt. Er muss schon grinsen. Ich denke er weiß genau worum es bei den beiden geht. Schließlich gehört er zu dem Schlag Mitglieder, die alles als erste erfahren und auch als erste weitergeben. Die männlichen Klatschweiber eben.
In dieser Situation versucht er aber dezent vorbei zu gehen. Was dann passiert finde ich ziemlich daneben. Jaqueline erzählt von sich und ihrer Situation und Markus spricht Anton an: *„Hast du meine Bestellung schon?"*
Ich dachte mir nur: *„Ignoranter kann ein Mensch in so einer Situation nicht sein."* Beide unterhalten sich dann volle 15 Minuten, während Jaqueline ruhig daneben sitzt und auf ihrem Handy rum tippt. Ich sehe ihr deutlich an, dass sie damit absolut unzufrieden ist. Aber sie lässt sich das eben auch bieten.
Anton ist das sogar unangenehm, da selbst ihm die Laune von Jaqueline auffällt. Doch Markus redet und redet. Er lässt den Allwissenden der Modewelt raushängen und versucht zu imponieren. Ihm fällt sein Fehlverhalten nicht einmal auf. Im Gegenteil. Es sieht so aus, als findet er es richtig und sinnvoll. Wirklich! Er scheint zu denken, dass Jaqueline ihm gern bei Gesprächen zuhört. Er zieht die Unterhaltung in die Länge, was untypisch für ihn ist.

Normalerweise ist er weniger interessiert an Anton und seinem Leben. Seine Fragen gehen diesmal jedoch in die Richtung wie: *„Kaufen viele das Shirt? Hast du eigentlich auch viele Retouren? Wie läuft das denn mit den Bewertungen?..."*
Markus war noch nie so interessiert. Und wenn es ihn wirklich interessiert, er hätte das auch später fragen können. Was das für einen Sinn gehabt haben soll werde ich so schnell nicht verstehen.
Anton geht schließlich weiter und Markus sagt zu Jaqueline: *„Tja. Jetzt haben wir so viel geredet. Training wird jetzt nichts mehr. Gehen wir in die Sauna?"*
Kurz darauf sind beide Richtung Umkleiden und Saunabereich verschwunden. Also in gewisser Weise ist Jaqueline da auch richtig dümmlich. Er ignoriert sie und kümmert sich einen Dreck um ihr Anliegen. Dann ist, durch sein vollkommen inhaltsloses Gespräch mit Anton, so viel Zeit vergangen, dass beide nun langsam loslegen müssen, womit auch immer. Und sie dackelt hinterher und sagt … nichts weiter.
Was da unten passiert kann allerdings auch nicht viel sein. Ich weiß, dass die Sauna recht gut besucht ist. Das hat sich Markus sicher etwas anders vorgestellt.

Mit dem Verschwinden der beiden endet nun auch mein heutiger Dienst und es verendet mein Bild einer selbstbewussten sowie standhaften Jaqueline Mirelli. Was sie sich da bieten lässt ist wirklich unterste Schublade.

Kapitel 3

Es ist wie zu jedem Frühdienst. Eine knappe halbe Stunde vor der Öffnung stehen bereits 4 Personen vor dem Studio. Ich habe nicht besonders geschlafen und bin daher noch ziemlich müde. Umso mehr kann ich das Verhalten nicht verstehen. Diese morgendliche Zeitverschwendung. Ich verkrieche mich weiter hinten auf der Trainingsfläche und warte die Zeit ab. Auf keinen Fall belohne ich dieses idiotische Verhalten mit einer vorzeitigen Öffnung.

Immer vorsichtig mit der Meinung sein.
Es ist schließlich so weit und ich öffne. Die ersten strömen ungeduldig herein. Als gäbe es irgendwas zu verlieren, wenn sie nicht pünktlich und möglichst im ersten Schwung zu den Umkleiden gelangen.
Nach ungefähr einer halben Stunde kommt Frieda Reiß ins Studio. Sie erinnern sich an die „Rächerin der Unterordnenden"? Keine Woche vergeht ohne mindestens einer Auseinandersetzung zwischen ihr und jemandem aus dem Team.
Aber heute sagt sie beiläufig etwas sehr Einschlägiges. Ich frage sie recht belanglos was sie denn heute noch so machen wird. Frieda antwortet: *„Ich besuche dann noch eine alte Freundin und später gebe ich dem Sohn meiner Nachbarin Nachhilfe in Mathematik. ... Ja! Meine beiden Kinder sind doch gestorben und da fang ich eben etwas anderes mit meiner Zeit an."*

Etwas später erfahre ich, dass ihre beiden Kinder bei einem Autounfall ums Leben gekommen sind. Ich frage nicht weiter nach, weil ich absolut nicht einschätzen kann wie sie auf die Frage hin damit umgeht. Ich finde derartige Neugier dann etwas fehl am Platz.

Aber ich schäme mich innerlich. Oder besser gesagt: ich bin peinlich berührt. Ihre besonders eigene Art war schon oft Gesprächsstoff in unserem Team. Innerlich war ich teilweise auch recht genervt von ihr und wütend. Warum hängt sie sich immer in fremde Belange rein? Kann die das nicht einfach akzeptieren? Was soll dieses Bemuddeln der anderen Mitglieder immer?

Was genau in ihr vorgeht kann ich unmöglich nachvollziehen. Aber ich weiß, dass diese Frau zwei ganz harte Schicksaalsschläge im Leben überwinden musste und überwunden hat. Und davor habe ich seit dem heutigen Tag ziemlichen Respekt. Ich sehe sie jetzt auch mit anderen Augen und kann ihre Eigenarten ein Stück weit nachvollziehen.

Generell ist es doch so, dass wir uns viel zu schnell über Diverses lustig machen und uns eine Meinung bilden. Egal um was es sich auch handelt. Ist es auffällig, dann ist es auch Ziel von Lästereien. Und gerade das ist eine gewaltige Gefahr. Denn wir wissen nur sehr selten was zu diesem Verhalten führte. Wir kennen die Geschichte eines Menschen meistens nur ungenau bis überhaupt nicht. Und so manches Opfer von Lästereien hat schon Erfahrungen gemacht und Erlebnisse durchstanden, an welchen viele andere zerbrechen würden.

Zu dieser Einsicht passt sehr gut Tom Frick, welcher soeben durch die Tür kommt.

Es geht weiter
Irgendwie scheinen Tom und Anton zwar gute Freunde, wenn sie sich denn sehen, zu sein und gleichzeitig finden sie den anderen ungemein belustigend.
Wieder einmal äußert sich Tom zu den Geschäften von Anton. Diesmal erklärt er es aber recht genau.
Anton soll Kleidung im Ausland kaufen und diese dann besticken lassen oder sogar selbst besticken. Vorzugsweise mit Markenlogos. Diese Plagiate verkauft er dann im Internet in großem Stil.
Hm. Also ich bin sehr vorsichtig was das angeht. Es stellen sich eine Reihe von Fragen. Ganz wichtig dabei: *„Wie kann er es verantworten das so frei zu erzählen?"* Immerhin wäre das eine Straftat. Ich verstehe nicht wie Tom das einfach ausplaudern kann.
Ich bin sehr skeptisch. Vielleicht unterstellt er das auch nur und ist deswegen so offen mit dem Thema? Das unvorsichtige Verbreiten solcher Informationen wäre extrem fahrlässig.
Andererseits ist diese Geschichte schon recht detailliert, also sehr durchdacht für eine Lüge. Auch wäre es wirklich „krank" sich so eine Geschichte auszudenken. Vielleicht ist es auch irgendwas dazwischen und Tom schmückt nur aus. Aktuell weiß ich einfach nicht mehr dazu. Irgendwas ist da faul, das scheint zumindest klar zu sein. Aber in welcher Form, wie ausgeprägt und wie illegal kann ich nicht

beurteilen. Während ich mir so meine Gedanken mache, steht Tom mit am Thekenbereich.
Er schaut aus dem Fenster und lässt erneut einen etwas beleidigenden Spruch ab.
„Was ist das denn für ein komisches Paar? Die passen ja überhaupt nicht zusammen! Ohje, das ist ein Typ!"

Wo die Liebe hinfällt
Sie erinnern sich sicher an Kerstin Leipnitz? Die sehr attraktive blonde Frau, welche immer etwas mit Markus flirtet. Oder umgekehrt. Es ist etwas frisch draußen und sie hat so eine schicke weiße Winterjacke an. Die schönen Stiefel passen gut zu der engen Hose. Sie fällt sofort ins Auge.
Daneben ein Mann in grauer Jogginghose und zernuddeltem Pullover. Die Haare etwas strähnig und noch schnell eine Zigarette rauchend. Sie haben schon einmal von ihm gehört. Er kommt nur sporadisch zu uns.
In diesem Fall muss ich Tom recht geben. Steffen Kaiser und Kerstin Leipnitz kommen zum Training. Sie sind seit 20 Jahren zusammen. Viele Mitglieder schauen etwas fragend dahin, wenn sie die beiden zusammen sehen. Kerstin hat auch einen Sohn, der schon längst erwachsen ist. Das würde viele Leute sicherlich verwundern, da man unmöglich annehmen würde, dass sie einen Sohn in den Mitte 20-ern hat. Manche schätzen sie ja selbst nicht wesentlich älter ein. Allerdings ist Steffen nicht der Vater.
Vielleicht war damals eine bestimmte Konstellation gewesen und diese hat die beiden zusammengeführt. Ich

würde mich hüten Urteile über die Kompatibilität zweier Menschen zu fällen. Aber Kerstin ist schick, raucht nicht und achtet sehr auf das Aroma anderer Männer. Das hat sie mir einmal beiläufig gesagt.

Nun ist es für einen Nichtraucher oft unangenehm einen Raucher zu inhalieren. Es riecht einfach schlecht. Nun ja, trotz allem, sie sind schon 20 Jahre zusammen. Umso gespannter bin ich jetzt was sich mit den ganzen Flirts im Studio entwickelt.

Während des Trainings scheint Steffen recht lustlos zu sein. Kerstin macht es sichtlich Spaß und sie fühlt sich wohl. Steffen, er will fertig werden. Ich glaube das gemeinsame Training ist genauso reizvoll wie gemeinsames Shoppen für die beiden. Obwohl es sehr schade ist, denn ein gemeinsames Hobby ist doch etwas Schönes.

Wenn Steffen allein trainiert, dann ist er kommunikativer. Er hat deutlich mehr Spaß bei uns, wenn auch nicht beim direkten Training. Zumindest scheinen ihm aber das Haus und die Menschen zuzusagen. Wenn beide gemeinsam hier sind wirkt er gereizt und unausgeglichen. Vielleicht liegt das am Erfolg von Kerstin und am Ausbleiben desselben bei ihm?

Ich weiß es nicht. Aber ich empfinde so etwas als sträfliche Verschwendung von Freizeit und gemeinsamer Zeit.

Vielleicht steige ich irgendwann dahinter. Aber heute wird das nicht mehr passieren, denn ich habe jetzt Feierabend und werde zum Klettern gehen.

Kapitel 4

Heute ist das Wetter richtig ungemütlich. Es ist dunkel, nass und ziemlich kalt an diesem Nachmittag. Der Schneeregen wird von den starken Windböen über den Parkplatz getrieben. Die Leute versuchen möglichst nah am Studio zu parken und auch möglichst schnell geduckt durch diese Nässe rein zu gelangen. Im Studio ist es gut gefüllt. Die Wärme hier drinnen ist heute so einladend, dass der muffige Geruch durch die vielen Leute zur Nebensache wird.
Besonders beliebt an solchen Tagen ist natürlich unsere Sauna. Wenn es draußen kalt und ungemütlich ist, dann verleihen die Wärme und Ruhe eine wirkliche Glückseligkeit.

Ein idyllisches Plätzchen zum Entspannen und mehr.
Markus Feiner ist heute wieder da. Nachdem er vorgestern die Zeit ausnahmslos verquatscht hat sollte es heute mal ein anständiges Training sein. Er scheint gut gelaunt und geht direkt in die Umkleide. Ein gewohnt flapsiger Spruch zur Begrüßung und weg ist er. Seit langem ist es mal wieder so wie früher.
Aber! Als hätte ich es nicht geahnt. Jaqueline Mirelli betritt ebenfalls das Studio. Sie unterhält sich und, typisch für diese Frau, verrennt sich in einem ausgewogenen Gespräch. Sie ist zwar eine gute Zuhörerin. Aber wenn sie auf manche anderen Frauen trifft, Frauen die viel Belangloses zu berichten haben, dann dreht auch bei ihr die Sicherung

durch und das permanente Geschnatter beginnt. Geschnatter zu Themen, welche sich gegenseitig in Unwichtigkeit versuchen zu übertreffen. Ich schätze das „Gackern" (Anders kann man es nicht nennen, denn denken Sie an diese Stimme!) dauert mindestens eine viertel Stunde.

Seltsam ist, dass Markus noch nicht auf der Fläche trainiert. Normalerweise braucht er maximal 3 oder 4 Minuten zum umziehen.

Noch ein paar Minuten und er kommt aus der Umkleide rauf. Allerdings nicht in Sportsachen. Er trägt noch immer seine normale Kleidung.

Jaqueline schaut etwas erschrocken zu ihm. Er blickt sie mit einem etwas ungeduldigen und gereizten Gesichtsausdruck an. Er geht zu ihr und flüstert ihr etwas zu. Es wirkt und sieht so aus wie: *„Was soll denn das? Ich warte schon ewig!"*. So würde ich es deuten.

Jaqueline beendet ihr Gespräch und geht in die Frauenumkleide.

Die Zeit vergeht und beide sind nicht auf der Fläche. Das lässt nur eine Schlussfolgerung zu: Sauna!

Markus ging schon früher ab und zu in die Sauna. Aber Training ging ihm eigentlich immer vor. Und gerade nach der sinnfreien „Trainingseinheit" vorgestern hätte ich wetten können, dass er heute an die Geräte geht. Aber ein großer Irrtum. Es ist eben wieder die Sauna.

Jaqueline und Markus haben doch nicht ernsthaft gedacht, dass sie heut allein da unten sind. Es lässt mich vermuten, dass sie eben auch so gern Zeit miteinander verbringen.

Einfach auch ohne sexuelles Interesse. Es sind daher schon beidseitig einige Gefühle im Spiel. Oder haben sie sich in die Solariumkabine zurückgezogen? Die ist verschließbar und so wäre man ungestört. Ich bin zögerlich und gehe schließlich runter schauen. Da ich sowieso regelmäßig einen Rundgang machen muss bietet sich dies auch an.

Die Sauna ist richtig voll. Die Ruheliegen sind bis auf 2 komplett belegt. Die beiden sitzen gerade in der Sauna und schwitzen kräftig. Also doch nicht Solarium. Wären sie jetzt allein würden sich ihre aufgeheizten glänzenden Körper sicherlich aneinander schmiegen. Aber die 6 Zuschauer in naher Umgebung lassen unmöglich so etwas zu. Die anderen sitzen zwar tief verträumt und regungslos da, mit starren Blicken in Richtung Boden. Aber man kann ja nie wissen. Sexuelle Aktivität würde schon die Aufmerksamkeit wecken.

Allerdings bieten sie teilweise Anblicke, dass einem jegliche Intimität vergeht. Dies mag ein weiterer Grund sein, dass Jaqueline und Markus recht distanziert voneinander wirken. Das ist so ein Phänomen in der Sauna. Je inkompatibler die visuelle Erscheinung mancher Leute mit dem Schönheitsideal ist, desto freizügiger ist das Auftreten der Person.

Ich verlasse die Sauna wieder und behalte mir den Gesichtsausdruck von Markus genau im Gedächtnis. Eine Vereinigung von Unzufriedenheit, Ungeduld, Erregung und gewisser Gereiztheit. Hätte er mal trainiert.

Ein anderer der konsequent trainiert und uns heute wieder beehrt ist Tim Merkser.

Es ist schon seltsam.
Sie erinnern sich an sein gutes Training? Saubere Klimmzüge und effektives Freihanteltraining. Tim macht das wirklich gut und sieht, sicher auch wegen des Männerballets, recht athletisch aus.
Umso mehr überrascht mich Folgendes bei Tim. Er geht nämlich nicht arbeiten. Schon seit einigen Jahren geht er nicht. Ich frage ihn natürlich daraufhin: *„Du hast doch durch eure Auftritte so viele Kontakte und bist in so vielen Einrichtungen unterwegs. Da wirst du doch sicher jemanden kennen der dir einen Job geben kann?"*
Tim erwidert allerdings, dass er nicht arbeiten könne. Er ist EU-Rentner (erwerbsunfähig). *„Weshalb?"* frage ich natürlich.
Tim hat eine Verletzung am Daumen gehabt, wodurch dessen Motorik etwas eingeschränkt ist. Tim kann also nichts Handwerkliches machen.
Hm. Also er macht Freihanteltraining, Beugestütze, Klimmzüge und andere Dinge. Aber arbeiten ist damit nicht möglich. Also ich will hier nicht über Derartiges urteilen. Aber(!) ich wundere mich schon sehr über diesen Widerspruch.
Und Tim scheint zudem erbost über die niedrige Höhe der EU-Rente zu sein. Ein recht unzufriedener Bürger präsentiert sich hier. Trotz keiner Arbeit hat er wenig Geld und ist gleichzeitig nicht in der Lage hilflos, bei diesem Training, einfache handwerkliche Tätigkeiten zu verrichten. Die Widersprüche in dieser Aussage sind übrigens beabsichtigt.

Ein besseres Timing wäre jetzt nicht mehr möglich gewesen.

Offen, direkt und klar
Michael Tromper kommt durch die Tür. Sie erinnern sich an den großen bulligen Typ? Er war ehemals bei einem Spezialkommando und ist heute für den Personenschutz, unter anderem für Politiker, zuständig. Einer der für Gejammer und Ningelei nicht besonders empfänglich ist.

„Komm. Buddel dich ein. Alles zu spät. Du bist ein Frack und untauglich." Das waren seine Worte in diesem so eigenen schönen Humor zu Tim, nachdem er dessen Geschichte teilweise mitgehört hat. Es ist ziemlich hart aber irgendwie stimmt es.
Er hat diese herrliche direkte Art. Im ersten Augenblick wirkt das Gesagte zwar etwas plump. Aber im Nachhinein genau das was mir als Zuhörer im Kopf war. Nur wenig einfühlsam vermittelt.
Ich hoffe nur, dass Michael nicht mit Gudrun ins Gespräch kommt. Ich weiß nicht wie sie auf eine solche Direktheit reagieren würde. Sie ist auch gerade in der Anlage und sie wissen ja über ihr Dilemma in der Ernährung bescheid.

Sehr unterwartet
Michael und Gudrun Stein trainieren gerade direkt nebeneinander. Gudrun erzählt mal wieder über ihre Gewichtsreduktion und wie das alles nicht funktioniert.

Über ihren Mann, der immer bekocht werden möchte und wie schwer das alles ist.

Wie ich dazu stehe wissen sie bereits zur Genüge. Gudrun hat bei uns mittlerweile einen eher belustigenden und manchmal auch belastenden Status. Das ist von der Tageslaune abhängig.

Ich weiß auch wie Michael dazu steht. Ich kenne ihn mittlerweile sehr gut. Jetzt wird er ihr gleich diverse „ruppige" Aussagen an den Kopf werfen. Ohje, ich bin gespannt.

Aber(!) Michael bleibt ruhig! Er sagt nichts! Das war überraschend und erleichternd zugleich für mich. Ein wenig später komme ich mit ihm über Gudrun ins Gespräch. Ich sage ihm auch, dass ich froh über seine Zurückhaltung gewesen bin. Er kennt sie nicht. Aber er sagt über sie: *„Da ist was anderes bei der. Die hat richtige Probleme im Kopf. Bei solchen Menschen bin ich da lieber ruhig. Das kann sonst was für Ursachen haben."*

Ok. Eine sehr gute und einfühlsame Haltung von ihm. Ich denke über seine Aussage nach und erinnere mich an Frieda Reiß. Da gab es auch Ursachen, welche ihr gesamtes Verhalten ganz anders bewerten lassen.

Mit diesem Gedanken bin ich so langsam der Letzte im Studio und schließe zu. Das Wetter ist noch immer ziemlich scheußlich. Aber gut, wir haben eben auch Winter.

Kapitel 5

Am heutigen Freitag habe ich weniger auf der Trainingsfläche zu tun. Ich gebe diesmal die Gymnastikkurse, da eine Trainerin nicht da ist.
Die Kursteilnehmer sind die konsequenteren Sportler in unserem Studio. Selbst in der Flautezeit des Sommers sind die Kurse dennoch gut besucht. Zum einen mag das an der ungewollt entwickelten Disziplin liegen. Ein Kurs findet immer zu einer festen Zeit statt. Es gibt keine Möglichkeit es heute zu lassen und morgen zu gehen. Entweder man nutzt den Kurs oder aber er ist für diese Woche vorbei. Also rafft man sich schon einmal eher auf.
Und ein wesentlicher Aspekt scheint die Gemeinschaft zu sein. Die Mitglieder lernen sich kennen und sind eine Gruppe. Es gibt zwar mehr oder weniger gut integrierte Teilnehmer, aber der Kern wirkt gut geschlossen und die Freude auf das angenehme soziale Umfeld treibt die Leute immer wieder in den Kurs.

Eine Erfolgsgeschichte
Nach den Kursen komme ich meiner Arbeit auf der Trainingsfläche nach. Anton Beyer ist heute allein da und wir kommen ins Gespräch.
Er schwärmt von seinem Onlinehandel und wie erfolgreich es läuft. Mittlerweile kommt er kaum noch mit dem Versand hinterher. Es passt ihm jetzt wohl ganz gut, dass er seine Freundin nicht mehr hat. So hat er mehr Zeit für seine Selbstständigkeit.

Nebenbei hat er noch immer seinen Vollzeitjob und muss nun beides unter einen Hut kriegen.
Im Hinterkopf habe ich natürlich die Aussagen von Tom Frick bezüglich der Plagiate. Ich weiß echt nicht was ich darauf geben soll. Aber ich beschließe Anton nichts davon zu sagen. Es wäre nicht abzuschätzen was ich anrichten könnte, wenn ich ihn danach fragen würde. Ein handfester Streit mit Tom, eine Verlegenheit und ein Gefühl der Bedrohung oder Ähnliches. Ich lasse den Dingen ihren Lauf und höre eben zu. Es fügt sich sowieso irgendwann alles.

Es wird nicht besser
Ich habe bald Feierabend und treffe noch Tanja Erder auf der Fläche. Es geht wieder um ihren Sohn. Nach der Tochter wage ich nicht zu fragen. Sie erzählt es schon wenn ihr danach ist. Ich möchte auch nicht neugierig erscheinen.

Die Chefin ihres Sohnes möchte ihn in einen anderen Markt versetzen. Das passt ihm natürlich überhaupt nicht und er wertet es als pure Schikane. Vermutlich hat er damit auch recht.
Aber es passiert wieder das was nicht geschehen sollte. An seiner Stelle rebelliert Tanja nun bei der Chefin und verlangt die Rücknahme der Versetzung. Sie scheint nicht zu wissen was sie ihm damit antut und er scheint nicht zu begreifen was das für Folgen auf ihn hat. Sie tut es gern und er bedient sich gern dieser Hilfe.
Wir alle schätzen Hilfe und Aufopferung untereinander. Und ich finde es immer schön wenn sich Menschen für

andere einsetzen. Aber in diesem Fall muss ich klar sagen, dass es deplatziert ist. Wie soll er jemals vor dieser Chefin allein für sich sprechen? Wie sollen ihn seine Kollegen als Mann ernst nehmen?
Er bekommt von 2 Parteien Steine in den Weg gelegt. Zum einen offensichtlich von seiner Chefin. Zum anderen nicht offensichtlich von seiner Mutter.
Die Steine seiner Mutter sind in dem Fall viel gefährlicher. Denn durch diese wird er die Hindernisse seiner Chefin nie beseitigen können.
Natürlich belässt es die Chefin, trotz der Mühen von Tanja, bei der Versetzung. Es ist ihr recht. Im Ausbildungsvertrag steht es zudem eindeutig verankert. Diese Blamage hätte ihrem Sohn erspart bleiben können. Aber ich hänge mich da nicht rein. Allerdings deute ich ihr schon an, dass er das allein klären muss. Aber sie entgegnet nur: *„Ja ich weiß. Aber das kann er noch nicht. Da muss ich helfen."*
Ich frage mich wann er es können soll? Wenn er bei Dingen die er nicht kann immer derartige Hilfe bekommt, dann wird er sich in diesen Dingen auch nicht entwickeln können.

Durch die Kurse war die Zeit heute auf der Trainingsfläche ziemlich kurz. Aber das ist auch mal eine schöne Abwechslung im Dienst. Ich gehe noch an ein paar Geräte zum Training und dann nach Haus ins Wochenende.

Teil 5

Der Januar ist nun vorbei und die Anzahl der aktiven Sportler nimmt wieder leicht ab. Aber es ist noch ein großer Teil der Leute der eisern weiter trainiert und sich von Nachlässigkeiten nicht beirren lässt.

Eine etwas extreme Geschichte hat gleich zu Beginn des Monats Torsten Reinhard zu berichten. Es geht dabei, wie sollte es anders sein, um **Tom Frick**.

Kapitel 1

Torsten:
„Das war hart am Wochenende. Es ist Samstag kurz nach dem Mittag und ich sitze zu Hause. Auf einmal schreibt mir Tom folgende Nachricht: Es ist alles sinnlos hier. Scheiß Freunde und meine Kirsche ist auch nur Dreck!"

Ich:
„Was war denn los mit seiner Freundin?"

Torsten:
„Angeblich soll sie was mit einem Typen aus dem Freundeskreis angefangen haben. Wir kennen den nur sporadisch. Aber sie leugnet das und sagt, dass Tom es sich einbildet. Aber wie auch immer. Du kennst ihn ja. Er ist immer gleich so extrem."

Ich:
„Ja, das stimmt. Aber blöd wäre es schon."
Torsten:
„Jedenfalls schrieb Tom immer weiter und total viel. Immer so nach der Art „Ich habe kein Bock mehr!" und „Mich braucht sowieso keiner!". Das klang schon alles sehr extrem und ich versuchte ihn anzurufen. Da drückte er mich immer weg."
Ich:
„Ohje. Das ist schon blöd. Weil die Nachrichten ja auch recht verzweifelt klingen."
Torsten:
„Na eben deswegen. Später rief er mich zurück und sagte mir, dass er an den Gleisen vom Zug steht und das total witzig findet. Ich soll mir aber keine Sorgen machen, da er mir sowieso egal wäre."
Ich:
„Echt? Was ist denn das für ein Unfug? Was hast du gemacht? Hast du die Polizei verständigt?"
Torsten:
„Ne. Das war nicht das erste Mal. Er hat das schon öfter getan."
Ich:
„Was? So etwas angedeutet? Also das ist schon sehr ernst zu nehmen."

Torsten erzählt mir, dass Tom das schon früher gemacht hat. Damals reagierten alle ziemlich stark darauf und er scheint die Aufmerksamkeit genossen zu haben. Heute sind alle zwar erschrocken, aber auch genervt. Man kann sagen, dass sie sich an so etwas gewöhnt haben und emotional abgestumpft sind. Wie jemand, der Gewalt im Fernsehen sieht. Zu Beginn ist man noch geschockt und aufgebracht. Sieht man es aber immer wieder, dann berührt es die Emotionen kaum noch.

Für mich ist diese Geschichte schon ziemlich neu. Ich habe die ganzen Umstände um Tom meistens eher belustigend empfunden. Aber seit ich das weiß sehe ich das in einem anderen Licht.

Es zeugt schon von einer gewissen Gestörtheit auf diese Weise Aufmerksamkeit zu ergattern.

Meine Meinung über die ganze Situation ist recht vielseitig. Zum einen finde ich es toll, dass sie ihn im Kreis dennoch tolerieren. Ich weiß nicht wie sehr ich einen Freund akzeptieren würde, der versucht mich auf diese Weise zu schocken. Andererseits ist es vielleicht gerade das Verhalten dieser Leute, bezüglich des Mobbens und so, was Tom dazu drängt das zu tun.

Ich bin sehr auf Tom gespannt. Mal sehen ob und vor allem wie er mir von diesen Ereignissen berichtet. Wie er so etwas wahrnimmt und überhaupt dazu steht. Solche extremen Situationen kenne ich noch nicht. Daher bin ich sicherlich etwas überempfindlich. Nach meiner Meinung müssten seine Eltern zumindest darüber informiert werden.

Torsten macht sein Training weiter und scheint davon kaum noch Notiz zu nehmen. Nach einigen Minuten kommt noch einer mit einem sehr einschneidenden Erlebnis.

Es wird ernst!
Sascha Möller erscheint mir heute sehr redebedürftig. Es ist aber nicht so wie sonst. Er wirkt etwas eingeschüchtert und irgendwie ratlos. Natürlich bringt er zwischendurch immer seine Machosprüche und lässt den großen Starken heraus hängen. Aber ich merke deutlich, dass dies nur Fassade ist.

Auf einmal nimmt er mich zur Seite und will mir im Vertrauen etwas sagen.
Sascha:
„Weist du was. Du darfst das jetzt keinem erzählen. Aber meine Freundin ist schwanger! Ich weiß nicht so recht. Das ist schon krass. Aber sie passt gut zu mir und die Eltern mögen mich so langsam auch."
Oh Gott. Jetzt kriegt er die ganze Palette. Zur Freundin und auf das Grundstück der Eltern gezogen. Im Familienbetrieb die nächste Lehre begonnen, mit den Schwiegereltern als Vorgesetzte. Und jetzt wird er noch Vater. Und das alles in so kurzer Zeit. Zumindest versucht er nach außen ein gutes Gefühl zu vermitteln.
Im Grunde ist diese Zuversicht geheuchelt. Er ist geschockt und weiß überhaupt nicht mit der Situation umzugehen. Das merkt man ganz deutlich. Auf einmal kann er nicht mehr in seinem gewohnten Stil Probleme lösen.
Aber es kann auch eine Wende in seinem Leben sein. Manche werden dadurch erwachsener, zielstrebiger und einfach gesetzter.
Auch wenn ich mir das bei Sascha noch nicht vorstellen kann. Ich bin echt gespannt wie sich das entwickeln soll.

Schon allein wie tolerant er gegenüber seiner Freundin während der Schwangerschaft wird. Er ist ja schon ein kleiner Egoist und selten in der Lage sich in die Position anderer zu versetzen. Wie soll er das jetzt anstellen? Ich bin sehr gespannt.
Sascha geht wieder an seine Geräte und wirkt merklich neben sich. Das muss sich jetzt erst einmal setzen.
Wenn wir gerade bei Beziehungen sind passt der nächste Gast wunderbar.

Böse Blicke
Markus Feiner kommt und Jaqueline Mirelli ungefähr 30 Sekunden später ebenfalls. Die geben sich immer weniger Mühe ihre Treffen wie Zufall aussehen zu lassen. Vor noch kurzer Zeit lagen wenigsten einige Minuten dazwischen. Zumindest versucht Markus noch etwas überrascht zu schauen wenn er Jaqueline sieht. Aber diesen Blick nimmt ihm kaum einer ab.
Natürlich kommen beide ins Gespräch miteinander. Es war schließlich Wochenende und sicherlich gibt es sehr viel zu berichten. Sie setzen sich mal wieder im Eingangsbereich hin und plaudern. Also Markus plaudert und Jaqueline hört zu. Mich würde mal interessieren wie es mit ihrem Partner derzeitig aussieht. Das war ja auch etwas im Wanken gewesen. Aber leider kommt sie nicht in die Situation zu sprechen. Und reinhängen um zu fragen werde ich mich in das Gespräch sicher auch nicht.
Es dauert noch eine Weile. Und dann, Markus tut es! Wirklich! Er fragt sie tatsächlich: *„Und? Wie geht's bei dir?"*

Jaqueline scheint verblüfft über das Interesse. Gerade als sie antworten möchte ist sie über den Gesichtsausdruck von Markus verdutzt. Zuerst wirkt er geschockt. Kurz darauf senkt er sein Gesicht und atmet tief durch. Dann nimmt er die Hand vor seine Stirn und man hört ein „ach du scheiße".

Maria betritt das Studio. Zur Erinnerung, Maria ist die Frau von Markus. Sie hat ihn schon einmal zum Training begleitet, offensichtlich zur Kontrolle. Da hat Markus ganz gut abgeschnitten, da er auch darauf vorbereitet gewesen ist.
Heute kommt sie entweder wirklich zum Training. Oder aber sie will Markus überraschend kontrollieren, was wesentlich sinnvoller als die letzte Kontrolle wäre. Da ich davon ausgehe, dass beide miteinander reden und wissen wo sich ungefähr der Partner in seiner Freizeit aufhält, tippe ich auf Kontrolle. Dass sich ein verheiratetes Paar zufällig beim „gemeinsamen Hobby" trifft ist für mich nicht glaubhaft.
Was mich jetzt brennend interessiert ist die Begrüßung der beiden. Werden sie sich normal begegnen oder kracht es gleich richtig.
Es ist weder das eine noch das andere. Maria geht an Markus vorbei und schaut ihn mit einem derartig bösen Blick an.
Er nickt ihr zu und versucht normal zu grinsen. Aber irgendwie wirkt das derart gestellt und unwirklich, es ist fast schon lächerlich.

Wenn man aber mal ehrlich ist, Markus hat nichts Verbotenes getan. Er sitzt da und unterhält sich. Ich denke so weltoffen ist Maria, dass sie damit kein Problem hätte. Also man kann nicht sagen, dass er erwischt wurde. Aber seine Reaktion ist derart unklug, dass er sich damit noch viel tiefer rein reitet. Sie zeigt genau, dass er sich richtig ertappt fühlt.

Maria ist weiter gegangen und unten in der Umkleide. Jetzt kommt wieder der alte und starke Markus mit seinen bekannten Aussagen: *„Die kotzt mich an. Ich will hier meine Ruhe. Das weiß sie genau. Ich rede dann mal mit ihr was das soll. Das lass ich mir nicht bieten."*

Eigentlich ist es traurig. Ich finde es schön wenn Paare zusammen etwas unternehmen und ihrem Sport gemeinsam nachgehen. Das sorgt für eine gute Stimmung in der Anlage und ein schönes Miteinander unter den Liebenden. Aber so etwas Fehlgeleitetes! Wie kann man sich sein Leben derart erschweren?

Jaqueline ist das alles scheinbar zu viel und sie geht wieder. Nicht zum Training, sondern heim. Sie geht mit einem vollkommen entnervten Gesichtsausdruck. Markus ist auf der Fläche nicht zu sehen. Er wird wohl in der Sauna sein. Leider heute ohne seine Jaqueline.

Und Maria? Sie macht ihr Training an den Geräten. Ohne Lächeln und ohne Freude. Welch tolle Freizeitbeschäftigung.

Mit diesem letzten Eindruck endet nun auch mein Dienst. Ich weiß nicht ob ich darüber lachen oder eher den Kopf schütteln soll.

Kapitel 2

Ich finde es immer wieder erstaunlich auf welche Umwege sich unsere Mitglieder von früher privat kennen. Entweder über ein paar Ecken oder aber durch Bekannte und Verwandte. Aber heute erfahre ich etwas für mich sehr Überraschendes.

Das hat keiner gewusst
Sie erinnern sich noch an Andreas Reif? Das ist der junge Kerl, so Anfang 20, welcher sein Handy als gestohlen gemeldet hat. Wenig später stellte sich heraus, dass Wolfgang Drell es versehentlich mitnahm. Kurz danach hatte Andreas es wieder.
Andreas ist ein durchgedrehter Typ. Er albert eigentlich nur rum und ist ziemlich auffällig. Allerdings auffällig in einer noch angenehmen Art, da er nicht störend sondern lustig ist. Zumindest wenn er ohne Freunde trainiert. Wenn die in einer Gruppe kommen, dann ist es schon manchmal grenzwertig. Eben so wie Männergruppen meistens sind.
Oft trainiert er mit Sascha Möller. Die beiden sind auch privat viel unterwegs. Ich denke sie kennen sich schon sehr lange.
Es gab mal eine Phase, da hatten sie sich heftig zerstritten. Zu der Zeit fragte Andreas schon am Check In ob Sascha auch da ist. Wäre er da gewesen, dann würde er wieder gehen. Das ging einige Wochen so. Einmal zu der Phase sind beide zufällig zugleich im Studio gewesen. Wie zwei kleine Kinder haben sie sich gekonnt ignoriert.

Andreas und ich kommen ins Gespräch. Es ist eher belanglos.

Dann sprechen wir von Sascha Möller. Auf einmal sagt Andreas: *„Naklar. Wir kennen uns schon ewig. Er ist doch mein Halbbruder!"*

Da bin ich baff. Dass die beiden verwandt sind hätte ich nicht gedacht. Es fällt auch auf, dass Sascha Möller ein sehr aufgedrehtes Verhalten zeigt wenn beide zusammen sind. Andreas scheint es irgendwie zu provozieren. Die puschen sich da richtig hoch. Also dass die beiden irgendwie einen besonderen Bezug haben, konnte man schon irgendwie vermuten. Eben eine tiefe Freundschaft. Aber verwandt erschien mir vollkommen abwegig.

Es ist passend, dass gerade heute auch Wolfgang Drell zum Sport kommt. Andreas und er reden allerdings nicht miteinander. Ich weiß nicht ob sie jeweils überhaupt noch wissen wer der andere ist. So schnell vergisst man eben im Leben.

Ein ganz eigener Mensch

Wolfgang ist Ende 50 und ein recht angenehmer Mensch. Im Training zeigt er seine besondere Individualität aufgrund seiner besonderen Übungen. Er ist die einzige Person die ich kenne, welche mitten auf der Trainingsfläche Hampelmann macht. Sie kennen diese Übung noch aus der Schule? Wolfgang macht dies in seinen nostalgischen Jogginghosen mitten zwischen den Leuten.

Und es geht weiter. Auf skurrile Art dreht er seine Hüften ein und schwenkt sie zur leichten Dehung. Das alles dient sicherlich der Lockerung und man kann das auch machen. Aber es ist einfach seltsam anzusehen. Stellen sie sich vor, sie lesen in der Bibliothek ein Buch. Das ist vollkommen normal. Aber setzen sie sich dazu mit Campingstuhl mitten vor die Kasse, dann ist das eher unnormal. Aber man dürfte es machen. So ungefähr kann man sich das Verhalten von Wolfgang vorstellen. Irgendwie sinnvoll, jedoch ungemein kurios.

Auch sein Humor ist recht eigen und nicht immer verständlich. Aber, das muss man ihm lassen, er würde sich nie auf Kosten anderer Personen lustig machen. Eine sehr schöne Eigenschaft. Er ist da ein wirklich korrekter und fairer Mensch.

Sein Leben als Autor scheint auch ziemlich erfolgreich zu sein. Zumindest wenn man seinen Ausführungen Glauben schenken will. Gespräche mit ihm sind immer sehr interessant. Ich frage mich ob er eine Frau hat? Allerdings spreche ich ihn nicht darauf an. In der Regel treten solche Dinge im Gespräch irgendwann automatisch zu Tage.

Er verschenkt an manche Mitglieder, vorzugsweise Frauen, ab und an eines seiner Bücher. Dabei handelt es sich um Tipps für ein erfolgreiches Leben. Das ist einerseits etwas Eigenwerbung, aber auch nett gemeint. Manche sind sehr angenehm überrascht und andere registrieren es eher beiläufig. Die Reaktionen sind wirklich sehr verschieden.

So ist das Studio scheinbar eine Plattform für jegliche Arten von Geschäften. Dazu passend kommt Anton Beyer zum Training und auch er ist immer auf Kundenfang.

Kontaktbörse Fitnessstudio

Ich zähle in seinen ersten 20 Minuten 4 Kontakte. Alle wollen gern Sachen kaufen und er berät sie eben ganz normal. Also er macht keine Typberatung, aber er antwortet eben immer wie der klassische Verkäufer: *„Ja, das habe ich da. Ich bring es dir das nächste Mal mit. Das passt zu dir."* Eben die Standardantworten wenn man etwas verkaufen will.

Sein Engagement in allen Ehren. Aber das Training kommt dabei viel zu kurz. Genau genommen hat er noch nicht trainiert und er muss in 40 Minuten wieder los.

Es ist irgendwie seltsam. Ich habe noch nie Männer so lange und intensiv über Kleidung sprechen sehen. Aus irgendeinem Grund scheint das Interesse mehr geweckt zu werden wenn ein Bekannter diese Dinge verkauft. Vielleicht fühlen sich die Leute da besser verstanden oder ehrlicher beraten?

Dass Anton auf jede Frage immer ähnlich antwortet: *„Ja, hab ich da. Das steht dir sicher gut."* scheint keiner zu bemerken.

Es dauert noch ungefähr 20 Minuten und Anton kommt endlich zum Training. Allerdings nur für eine viertel Stunde, denn dann muss er schon wieder los.

Also die Sinnhaftigkeit des Trainings würde ich jetzt einmal stark bezweifeln. Aber zumindest war es für das Gefühl gut. Ein gewisser Placeboeffekt vielleicht.

Anton ist hier und lenkt sich vom Training ab. Andere kommen her, um sich mit dem Training abzulenken. So wie Tanja Erder es heut wieder macht.

Welches Problem zu erst?
Sie will ihren Kopf frei kriegen. Tanja ist heute wenig gesprächig, was ich gut verstehen kann. Manchmal braucht man seine Ruhe für die eigenen Gedanken. Da sind auch Gespräche nicht immer gewollt.
Eigentlich hat sie 3 Baustellen. Die Tochter, der Sohn und ihre Beziehung. Irgendwie tut sie mir richtig leid dafür. Sie ist so eine ausstrahlungsstarke und tolle Persönlichkeit.
Sie sagt selbst ganz klar, dass die Probleme mit ihrem Mann zweitrangig sind. Zuerst kommen, es war auch nicht anders zu erwarten, die Kinder.
Ich stelle es mir sehr schwer vor. Wenn man keinen richtigen Mitspieler für seine Lasten hat. Wenn man sich vom Partner nicht gestärkt fühlt, da er selbst eine Baustelle ist. Wenn er sogar noch mit diesen dummen Lügen ein Verhalten an den Tag legt, welches an seiner Intelligenz zweifeln lässt.
Der Sohn muss selbstständiger werden und die Tochter muss wieder in die richtige Richtung aufbrechen.
Sie hat es nicht einfach. Aber der Sport hilft ihr für sich zu sein. Und das ist etwas Gutes für Tanja.

Auch ich trainiere jetzt noch ein wenig nach dem Dienst. Es ist recht wenig los und so habe ich Ruhe für meine Übungen.

Kapitel 3

Mein Spätdienst beginnt heute sehr entspannt. Ich habe wenig Termine und kann nebenbei etwas Verwaltungsarbeiten erledigen. Von meinem Schreibtisch aus kann ich die Trainingsfläche teilweise ganz gut überblicken.

Ob es ehrlich ist?
Ich beobachte Wolfgang Drell. Er trainiert recht verbissen. Als würde er innerlich mit irgendetwas im Konflikt stehen. Das ist an sich nichts Besonderes. Viele Kunden kommen zum Training um Frust abzubauen oder sich abzulenken. Allerdings merkt man denen das auch in ihrer Art an. Sie sind dann in sich gekehrt und haben eine abweisende Ausstrahlung. Da weiß man, dass ein Gespräch jetzt nicht erwünscht ist. Das finde ich Okay. Menschen haben das Recht auch mal schlechte Laune zu haben und daraufhin in Ruhe gelassen zu werden.
Bei Wolfgang ist es ein wenig anders. Er trainiert verbissen und wirkt dabei so aufgewühlt. In seinen Trainingspausen hingegen geht er extrem freundlich und überaus interessiert auf die anderen Mitglieder zu.
Oberflächlich betrachtet ist das schön. Wenn die Mitglieder kommunizieren ist immer Leben im Studio und das ist gut so. Und ich muss nicht den Unterhalter spielen, was noch besser daran ist. Aber sein Interesse ist so ausgeprägt, dass es teilweise unglaubhaft wirkt. Ich will ihm keinesfalls Heuchelei unterstellen. Aber ich denke irgendetwas versucht er zu kompensieren. Eine verbissene Person geht

im nächsten Moment mit offenen Armen auf fremde Leute zu? Wie eine Frau die am Telefon ihren Mann anschreit und Sie dann lächelnd auf ihr Hobby anspricht. Sie wären doch verdutzt, oder?
Hinzu kommt die übertrieben lustige Art. Er lacht extrem überzogen über kleine unsinnige Ereignisse. Es ist als würde ich in großem Gelächter ausbrechen weil ich erfahre, dass die Bahn heute Verspätung hat.
Stellen Sie sich jemanden am Kaffetisch vor. Er isst Kuchen und hat total gute Laune. Als wäre dieser jemand leicht angetrunken. Im nächsten Moment steht die Person auf, geht ins Nachbarzimmer und setzt sich dort auf den Hometrainer. Der Kopf knallrot und das Gesicht zu einer Faust geballt, weil der Widerstand bis Anschlag hoch gedreht ist. Nach einer kurzen Einheit setzt sich diese Person wieder hin, isst Kuchen und lacht über ein paar Flecken an der Fensterscheibe. Verurteilen wir niemanden wegen seines Lachens oder seiner Offenheit. Aber(!) das passt eben nicht zusammen.
Ich frage mich was da wohl falsch läuft.
Der Vergleich mit dem Kuchen bringt gleich ein neues Mitglied auf die Bühne. Die liebe Gudrun Stein kommt direkt auf mich zu.

Und noch einmal
Trotz des Hinweises von Michael Tromper, er sagte: *„Hinter ihrem Verhalten steckt irgendwie mehr."*, komme ich nicht umher mich über diese Story zu belustigen.

Sie spricht mich wegen unseren Ernährungskursen an. Dabei geht es um eine gesunde Umstellung der Ernährung und um Optimierung der Essgewohnheiten. Sie hat diesen Kurs schon zweimal mitgemacht und weiß grundlegend bescheid. Ich sage ihr: *„Du kannst gern mitmachen. Aber du musst das dann auch durchziehen. Da gibt es keine Ausreden!"*
Auf einmal erklärt sie sich wieder. Sie sagt, dass es schwer wird weil ihr Mann doch so gern isst. Und überhaupt. Sie war letzte Woche sogar viermal im Studio und wiegt jetzt wieder mehr.
Ich frage sie nach ihrer Ernährung heute. Sie erwidert: *„Heute haben wir Kuchen gegessen. So einen leckeren Nutellakuchen. Deswegen komme ich heute auch erst am Nachmittag. Ein paar Freunde kamen zum ausgiebigen Frühstück zu uns."*
Wieder die Situation! Was soll ich denn jetzt antworten? Will sie mich vielleicht ärgern? Zusammengefasst sagte sie also zu mir: *„Ich möchte gern abnehmen und weiß über Ernährung bescheid. Ich verstehe nicht, dass ich zugenommen habe obwohl ich heut einen Nutellakuchen gegessen hab."* Anstelle von „obwohl" können sie auch „trotz" schreiben. Der Inhalt bleibt gleich. Unschlüssig und fernab jeglichen Verständnisses.
Das ist so ein besonderer Moment. Sie kennen das vielleicht. Jemand sagt ihnen etwas ganz Eigenartiges oder Spezielles. So in der Art: *„Ich bin glücklich mit meinem Beruf. Aber er macht mich ziemlich traurig."* Sie können

darauf nicht antworten. Es geht nicht, weil er in sich jeglicher Vernunft entsagt. Genau das empfinde ich gerade.

Jedenfalls winke ich Gudrun ab und kümmere mich um meine Dinge weiter. Ich kann das Gespräch unmöglich ernsthaft führen. Sie muss sich einfach einen Spaß mit mir machen. Anders kann ich das nicht erklären. So einen Fall hatte ich noch nie. Zumindest nicht in dieser Form.
Und wenn wir schon beim Abnehmen sind. Unser täglicher Gast verdient so langsam auch mal wieder eine Erwähnung.

Selbst ist der Mann
Sie erinnern sich an Mark Schichtler? Er kommt eigentlich jeden Tag zum Training. Jedoch wirkt er optisch nicht unbedingt wie der klassische Athlet. Ich bewundere allerdings sein Durchhaltevermögen und seine Power. Da ist er gut unterwegs.
Auch sein Ziel drehte und dreht sich um das Abnehmen. Er hat sich darüber allerdings selbst belesen und von uns kaum Tipps dazu erfragt. Das ist auch nicht schlimm. Viele informieren sich gern selbst im Internet oder über diverse Bücher.
Allerdings schlägt es bei Mark nicht so richtig an. Bei seinem Trainingspensum müssten schon kleinere Verbesserungen der Ernährung zu einem merkbaren Erfolg führen. Aber so ist es nicht. Sein Gewicht stagniert. Auf meine Frage zu seiner Ernährung erwidert er allerdings auch nur: *„Ich mach schon alles richtig."*

Hm, prima! Da kann ich nicht so recht drauf antworten. So nach der Art: *„Trainer! Ich mach alles richtig. Aber was kann ich besser machen?"*
Eine sehr schwere Gesprächsgrundlage. Scheinbar macht er eben nicht alles richtig, sonst würde er ja abnehmen. Aber ich weiß wie schnell er schmollt und unterlasse daher diese Aussage.
Warum er wohl keine Ratschläge annehmen will? Es ist wie in vielen Dingen. Ich habe ihn mal gebeten die Hanteln nicht fallen zu lassen. Das gehört sich in einem anständigen Studio einfach nicht. Er hat es zwar befolgt. Allerdings war er derart beleidigt. Er hat sich nach dem Training nicht verabschiedet, obwohl ich direkt am Eingang stand. Und die folgenden beiden Tage hat er mich nicht beachtet. Mich stört das nicht. Aber es ist ein sehr seltsames Verhalten. Er dickscht halt gern. Das habe ich früher als Kind auch getan. Aber eben als Kind!
Er ist schon ein seltsamer Typ. Nochmal der Hinweis, er ist immerhin Ende 30! Seit diesem Erlebnis lasse ich ihn in Ruhe mit Korrekturen und Ratschlägen. Außer er stört das Studioklima. Der Rest ist mir egal. Ich muss ihn nicht ja nicht erziehen. Das soll mal seine Mutti machen.
Gerade wenn attraktive Frauen in der Nähe sind will Mark nicht nach Hinweisen fragen. Da scheint er zu stolz zu sein. Und heute befindet sich ja Tanja Erder in seiner unmittelbaren Umgebung. Vielleicht liegt es auch an ihr, dass er mich nicht nach Ernährung fragt. Das wäre zumindest ansatzweise nachvollziehbar.

Der nächste Schritt im Leben
Tanja erzählt mir heut von ihrem Sohn. Er hat dieses Jahr Abschlussprüfung in seiner Lehre. Er ist ja nun, entgegen Tanjas Eingreifen, in einen anderen Markt versetzt worden. Seine Chefin prognostiziert ihrem Sohn schlechte Aussichten auf das Bestehen der Prüfung. Allerdings, so ist meine Meinung, war so eine Aussage zu erwarten. Sie hat nun mal ein Problem mit ihm. Und ihre Meinung ist relativ egal, da sie die Prüfung nicht abnimmt. Also, was soll's?

Vielleicht ist die Aussage sogar teilweise Tanjas Schuld, da sie ihn immer bei ihr verteidigt. Das macht ihn sicherlich unbeliebter und sie hält ihn für ein verwöhntes Muttersöhnchen. Das könnte ich mir zumindest vorstellen. So kann sie ihn weder ernst nehmen noch einen gewissen Respekt entwickeln. Das ist meine Einschätzung als Außenstehender.
Jedenfalls soll er die Prüfung bestehen, dass er dort endlich weg kann. Das ist natürlich richtig. Unabhängig davon sollte er so oder so die Prüfung bestehen. Zu ihren anderen Problemen äußert sie sich nicht weiter. Sie wirkt heute allerdings auch im Ganzen etwas ausgeglichener.
Sie scheint mal gut abschalten zu können. Und das ist besonders wichtig.

Das Studio leert sich so langsam und ich mache den Tagesabschluss. Noch ein wenig aufräumen und ich kann sogar etwas früher zuschließen.

Kapitel 4

Meine Spätschicht beginnt heute gegen 15:00 Uhr. Es ist ein recht milder Tag für Februar. Das Studio ist mittelmäßig besucht. Es sind hier und da ein paar Leute. Aber alles ist gut überschaubar.

Er hat das sagen
Marcel Sembe und Torsten Reinhard kommen heute zusammen trainieren. Von der Aktion ihres Freundes Tom Frick letzte Woche, sie erinnern sich sicher an die Andeutung bei den Zuggleisen, ist jedoch nichts zu hören. Es scheint wirklich nichts Neues für die Gruppe zu sein. Stattdessen erzählt Marcel dem Torsten ausgiebig von seinem Training und den Produkten, die er konsumiert.
Er trainiert ziemlich intensiv und auch sehr regelmäßig. Aber ohne seine Booster, Kreatin, Makkatabletten und so weiter würde er nicht so erfolgreich sein. So die Aussage von Marcel über sich selbst. Er hält alles zu Hause im Kühlschrank gelagert und die Eltern stellen es ihm auch früh mit an den Tisch. Sie wollten es erst nicht unterstützen. Aber mittlerweile sind sie begeistert und sehr stolz. Besonders sein Vater.
So beschreibt es Marcel. Er erzählt dem Torsten genau wofür die einzelnen Produkte sind und wie gut sie auf ihn gewirkt haben. Es klingt wie ein Verkaufsgespräch.
Warum suchen Leute immer wieder externe Ursachen für ihren Erfolg? Marcel zieht nicht einmal in Erwägung, dass

sein Trainingserfolg von seiner harten Arbeit kommt. Maßgeblich dafür sind die Produkte. Produkte, die er angeblich(!) konsumiert. Verstehen kann ich das nicht. Er sollte doch lieber sich selbst in den Himmel loben und propagieren, dass die Produkte nebensächlich sind.
Was auch immer sein Antrieb für die Geschichte ist. Er scheint stark zu sein. So stark, dass er Lügen erzählt.
Sie erinnern sich doch an das Telefonat mit seinem Vater? Er sagte mir, dass die Eltern ihm die Produkte verbieten und das nicht wollen. Wir bekamen ausdrückliches Verkaufsverbot an Marcel. Er soll sich auf seine Ausbildung konzentrieren und den Sport nebenher betreiben. Die Aussagen waren klar und diskussionslos. Diese Eltern sollen jetzt so ein Verhalten akzeptieren? Ihn zum Frühstück versorgen und ihm überall Platz machen?
Das halte ich für absolut ausgeschlossen. Außer er wäre zu einer anderen Familie gezogen. Da sich seine Anschrift nicht geändert hat und auch sonst keine derartigen Geschichten kursieren, kann ich es ausschließen.
Mir ist absolut nicht klar warum Marcel so etwas erzählt! Zumal Er das Risiko eingeht aufzufliegen. Es braucht nur einer seiner Freunde mal zu ihm zu kommen oder aber mit seinen Eltern irgendwo einmal ein Gespräch führen. Manche scheinen wirklich von der Wand bis zur Tapete zu denken, aber keinesfalls weiter.

Das erfolgreiche Gegenteil
Torsten hingegen ernährt sich ganz normal und hat eine tolle athletische Figur. Er steht Marcel in nix nach. Und

Torsten sagt ganz offen, dass er keine Produkte weiter nutzt. Und das ist ja gerade etwas sehr Gutes! Ich denke auch, dass er Marcel nicht so ganz ernst nimmt. Beide kennen sich ja nun schon viele Jahre.
Torsten hat es geschafft einige Kilo abzunehmen und sieht dementsprechend definiert aus. Er ist wirklich vorbildlich und ich hoffe, dass sich unsere Jüngeren eher an ihm orientieren. Was Marcel mit dieser Eingeschworenheit auf Produkte bezweckt ist mir ein großes Rätsel. Vielleicht komme ich irgendwann dahinter.

Und noch so ein echter Kerl
Es ist mal wieder Zeit für die nächste Runde. Maria und Markus Feiner kommen zusammen trainieren. Während den letzten Solotrainingstagen von Markus war ja immer die Jaqueline „zufällig" anwesend. Egal ob er trainierte, saunierte oder nur quatschte. Heute allerdings kommen die beiden als Paar. Und es wirkt mächtig gezwungen.
Aber Markus macht gute Miene zum bösen Spiel. Er lässt den lieben Ehemann raushängen und unterdrückt seinen Unmut über die Situation. Wahrscheinlich ist zu Hause gerade „alles OK", sodass er nicht offensichtlich rebellieren kann oder will.
Jedenfalls war es absehbar, dass Jaqueline heute nicht zum Training kommt. Nun ist es wirklich ganz klar, dass beide in Kontakt stehen und er ihr „abgesagt" hat. Denn das ist wahrlich kein Zufall. Markus macht sein Training in Ruhe und hat heut ziemliches Glück. Es sind ausnahmslos Männer im Studio. Mitunter recht kommunikative Männer, oder

eben Dummquatscher, sodass Markus in Gesprächen abgelenkt und entspannt wirkt. Ein richtiges Vorzeigetraining für die Frau, wenn es denn eine Kontrollbegleitung ist.

Wirklich sarkastisch
Mit einem kommt Markus besonders ins Gespräch. Es geht viel um aktuelle Politik, schlechtes Bildungssystem und unfaire Sozialleistungen. Polarisierende Themen also, welche lange intensive Gespräche ermöglichen. Maria scheint verdutzt über dieses sinnfreie Training ihres Mannes. Aber solange er nicht mit Frauen flirtet, diese irgendwie berührt und in der Sauna verschwindet ist es absolut in Ordnung.
Bei seinem Gesprächspartner handelt es sich allerdings um Steffen Kaiser. Der langjährige Partner von Kerstin Leipnitz. Markus weiß, dass die beiden ein Paar sind. Aber er ist, so glaube ich, einfach dankbar für jeden der ihn von der Situation im Studio ablenkt. Wenn Steffen wüsste wie er seine Freundin anflirtet. Die beiden scheinen sich ganz gut zu verstehen und eine Wellenlänge zu sein. In punkto Meinungen aber auch Frauentypen. Denn beide haben ein Auge auf Kerstin.
Das geht solange gut, bis Steffen sieht wie Markus seine Kerstin beäugt. Mal sehen ob es irgendwann dazu kommt. Ich bin gespannt.
Heute wird es allerdings nicht mehr passieren. Es ist kurz vor 22:00 Uhr und die letzten Mitglieder verlassen das Studio. Endlich Feierabend für mich.

Kapitel 5

Das Wochenende naht und das merkt man auch ganz deutlich im Studio. An einem Freitag ist einfach weniger los. Es ist ganz verwunderlich. Man müsste meinen, dass die Leute vor dem Wochenende noch ein Training für ihr Gewissen absolvieren möchten. Schließlich machen Sie es im Nachhinein ja auch exzessiv. Der Montag ist nämlich der besuchsstärkste Tag.
Also reagieren die Leute lieber im Nachhinein anstatt vorzudenken? Das könnte man zumindest aus diesem Verhalten schließen. Oder die Mitglieder sind schon im Wochenendmodus und wollen Freitag ihre Ruhe vor allem und jedem haben. So richtig verstehen werd ich es allerdings nie. Genauso wie ich noch einen anderen Punkt bei einem Paar nicht verstehe.

Etwas Untypisches
Kerstin Leipnitz ist heute beim Training und ihr Partner nicht. Er war ja gestern. Man sieht ihr an, dass ihr der Sport gut tut. Sie hat abgenommen und die Muskulatur hat auch schöne Konturen. Bemerkenswert, da sie erst knapp 2 Monate Mitglied ist. Aber sie trainiert eisern und achtet eben auf ihre Ernährung. Das ist das ganze Geheimnis. Und sie hat etwas Glück in der Veranlagung. Von Natur aus ein schönes elegantes Gesicht und ein tolles Lächeln. Das macht viel her.

Wir kommen ins Gespräch und sie lenkt das Thema in Richtung Steffen Kaiser, ihren Partner. Er ist unzufrieden, dass sie so viel Zeit in ihr Training investiert und er nicht. Außerdem schmollt er über ihr Essverhalten. Er möchte uneingeschränkt essen, so wie früher. Aber da beide meistens zusammen essen funktioniert das nicht mehr in dieser Form.
Ich wundere mich etwas darüber, denn zu Beginn war auch Steffen hoch motiviert. Sie müssen wissen, dass er einige Monate vor Kerstin Mitglied geworden ist. Er stellte viele Fragen und war sehr interessiert an Fitness. Damals dachte ich, dass er konsequent dabei bleibt.
Aber irgendetwas hat den Bruch gegeben. Ist es Kerstin gewesen, als sie mit zum Training kam? So richtig will ich das nicht glauben, denn er hat sie ja eher zum Sport gedrängt. Und meistens sind es die Männer, die gern gemeinsamen Hobbys nachgehen. Dass im Gegenzug die Frau ihrem Partner beim Fitness aus dem Weg geht, indem sie zu anderen Zeit kommt oder sich in die Kurse flüchtet, ist öfter mal der Fall. So ein Verhalten von seitens des Mannes ist hingegen seltener. Und das Hobby komplett fallen zu lassen ist erst richtig seltsam.
Aber wie auch immer, es ist eben so. Und Kerstin ist darüber unzufrieden. Immer für die Ernährung und ihren Sport rechtfertigen. Wenn beide zusammen trainieren ist er eher genervt, was das letzte Training gezeigt hat. Wenn sie allein geht ist er ebenfalls genervt, da sie ihn eben allein lässt.

Dann kommt Kerstin auf zu Hause zu sprechen. Auch dort ist Steffen ein Verächter der Aktivität. Laut Kerstin: *„...der hat überhaupt keinen Bock mehr. Ich mach echt viel mit, aber den kriegst du nicht zum Sex. Das ist furchtbar. Einmal in 4 Monate, wenn ich Glück habe!"*

Ich bin etwas erschrocken über diese Offenheit. Aber natürlich auch interessiert an den Ausführungen. Steffen ergreift keine Initiative. Er ist immer müde, abgespannt und erschöpft. Hinzu kommt sein Rauchen, was es für Kerstin sowieso weniger reizvoll macht.

Beide sind schon seit über 20 Jahren zusammen. Auf meine Frage hin ob dies schon immer so sei sagt Kerstin: *„Ja. Das ging sehr zeitig los. Es ist nicht einfach. Aber ich suche mir dann auch hin und wieder meinen Spaß, auch wenn es nicht OK ist. Aber was soll ich denn machen?"* In dem Moment muss ich an Markus Feiner denken, der sich einfach nicht traut. Wenn der das alles wüsste. Er würde vor Aufgeregtheit an die Decke gehen.

Irgendwie kommen wir darauf zu sprechen was Steffen heute so unternimmt. Im Gespräch fällt dann der Satz: *„...Er ist bei sich zu Hause etwas machen. ..."*

Bei sich zu Hause? Jetzt bin ich verwirrt. Ich frage Kerstin: *„Bei sich? Wohnt ihr nicht zusammen?"*

Tatsächlich haben beide getrennte Wohnungen. Das verwundert mich jetzt schon ein wenig. Nach so vielen Jahren Beziehung. Da steht nun diese wahnsinnig attraktive Frau, mit ihrer eigenen Wohnung und sexuell frustriert. Wenn das so manche Mitglieder auch nur ahnen würden. Sie wären nicht mehr sie selbst.

Mir stellt sich die Frage weshalb sie nicht zusammen wohnen? Steffen ist eigentlich immer bei Kerstin und dort fast eingezogen. Trotzdem behalten beide ihre Wohnungen? Ich weiß nicht was der Grund ist. Aber allein diese, für mich, neuen Umstände erwecken die Phantasie.
Hat Kerstin oft Besuch von fremden Männern? Trifft sie sich vielleicht doch schon mit einem anderen Mitglied? Mir stellen sich so einige Fragen. Mal sehen welche sich in den nächsten Wochen beantworten lassen.

Etwas Abkühlung
Nach diesem mit Abstand interessantesten Gespräch der letzten Wochen kommt gleich die geistige Abkühlung. Steffen Krimm ist beim Sport. Zu meinem Bedauern bin ich heute das Ziel seiner verbalen Ergüsse.
Können Sie sich noch an ihn erinnern? So plump wie der Steffen von Kerstin gekleidet ist, so plump beginnt Steffen Krimm ein Gespräch. Und er macht sich nicht die Mühe ein paar andere Variationen seines Smalltalks einzusetzen. Auch diesmal kommt wieder die tiefgreifende Frage: *„Na, wie ist das Wetter heut?"*
Wieder stehe ich im Eingangsbereich vor unserer Glasfront. Wieder haben wir beide unverdeckte Sicht durch die Fenster.
Diesmal lasse ich die Frage unbeantwortet. Mir geistert sowieso noch das vorherige Gespräch mit Kerstin durch den Kopf. Aber scheinbar meint Steffen diese Frage nicht einmal rhetorisch. Er erwartet tatsächlich eine Antwort von mir.

Denn er schaut mir direkt und voller Erwartung in die Augen.
Steffen ist ein pummeliger Mann mittleren Alters. Er schaut bei seinen Fragen auf einen etwas provokanten Stil und ist auf seine Art und Weise fordernd. Fordernd in der Hinsicht, dass er immer eine Antwort erwartet, auch wenn die Frage noch so dämlich ist. Fordernd, weil er immer die Bereitschaft erwartet mit ihm einen Dialog zu führen. Er stellt sich sogar zu bereits bestehenden Gesprächen einfach dazu.
Ich antworte ihm wegen des Wetters: *„Ich weiß es nicht."*
Mal sehen was er dazu sagt. Im Grunde ist es eine ziemlich unsinnige Antwort, da ich nur rausschauen muss. Dies macht wiederum seine Frage unsinnig, weil er nur rausschauen muss. Mal sehen ob es ihm dadurch auffällt.
Seine Antwort: *„Hier drinnen ist es ganz schön muffig."*
??? Jetzt bin ich baff. Er reagiert nicht auf meine Antwort. Stattdessen beginnt er ein neues Thema. Ich sage ihm: *„Dann geh doch raus an die frische Luft!"* Das ist ihm zu kalt. Ich sage nichts mehr dazu. Es wäre Verschwendung.

Das Gespräch ist, so wie mein Dienst, beendet. Es war ein Tag der Extreme. Zumindest was interessante Gespräche betrifft. Die beiden Steffens haben mir heute ein Wechselbad der Gefühle bereitet. Der eine Steffen, weil er seine Frau absolut sträflich vernachlässigt. Und der andere Steffen, weil er noch nie gelernt hat ein sinnvolles Gespräch zu führen.

Teil 6

Kapitel 1

Ich bin froh hier im warmen Studio zu sein. Der Schneefall draußen ist heute richtig stark und es ist extrem ungemütlich. Durch den Wind fliegt der Schnee fast waagerecht am Eingang vorbei. Die Autos auf dem Parkplatz sind nur schlecht zu sehen. Grund genug für viele Mitglieder heute in das wohl temperierte Studio und eventuell in die Sauna zu gehen.

Die Frau allein
Über den nächsten Gast bin ich etwas überrascht. Also dass sie allein zum Training kommt und ernsthaft trainiert habe ich dieses Jahr noch nicht erlebt.
Maria Feiner beehrt uns mit ihrem Besuch. Und Markus ist irgendwo anders. Zumindest nicht hier. Obwohl er montags fast immer da ist. Ich frage sie nicht nach ihm. Das würde so klingen als wäre ich überrascht, dass sie allein her kommt. Und das wäre sicherlich ein komisches Gefühl für sie. Ich frage mich aber innerlich schon wie es dazu kam. Will sie wirklich wieder anfangen regelmäßig zu trainieren? Wollte sie Markus kontrollieren und er hat das Training unter einem Vorwand abgesagt? Trifft sich Markus mit Jaqueline

anderswo? Oder hat er vielleicht doch unbemerkt die schöne Kerstin erobert und ist jetzt bei ihr?
Ich spreche Maria ganz belanglos an und wir kommen gut ins Gespräch. Allerdings geht es absolut nicht um Markus, Jaqueline, Liebe oder Beziehungen. Sie wirkt leicht verhalten, etwas unnahbar würde ich sagen, aber auch ausgeglichen. Sie scheint auch kein Interesse an dem Thema Markus zu haben. Ich muss sagen, dass Maria mir gerade wie der normale Part der beiden wirkt. Ruhig und bedacht treibt sie ihren Sport. Sie redet nicht schlecht von ihrem Partner und hält ihr Privates auch zurück. Das ist wirklich ein rücksichtsvolles Verhalten. Obwohl es mich sowieso nichts angehen würde. Daher wundere ich mich schon immer wieder über die Offenheit vieler Kunden. So eine Zurückhaltung wie bei Maria ist nämlich eher die Ausnahme.
Maria ist eine recht große und schicke Frau mit blonden Haaren. Sie wirkt sehr gestanden und ziemlich selbstbewusst. Ob sie weiß, dass Markus ein derartiges Spiel treibt? Der Punkt, dass sie ihn kontrolliert, zeigt schon, dass sie etwas vermutet. Aber wie sicher ist sie sich damit? Vermutet sie eine Affäre oder nur eine einmalige Sache? Oder ist sie extrem eifersüchtig und kontrolliert ihn ohne einen Anhaltspunkt zu haben? Wenn ich sie draußen auf der Straße sehen würde, dann könnt ich mir nie vorstellen dass alles so ist wie ich es hier erlebe.
Ich beginne sogar ein schlechtes Gewissen zu haben, da ich über die ganze Sache bescheid weiß und sie nicht einweihe. So wie sie mir heute gegenüber tritt hätte sie die Wahrheit

verdient. Aber ich hänge mich da natürlich nicht rein. Das steht mir nicht zu.

Anton Beyer ist da und er scheint genau zu wissen wer sie ist. Das merkt man an seinen Blicken. Und er fragt mich nach Markus. Als ich ihm sage, dass er nicht da ist wirkt Anton verwundert. Auch ihm ist das mit Markus und Jaqueline nicht entfallen. Irgendwie demütigend für Maria.

Interessante Neuigkeiten
Anton scheint seine Trennung gut überwunden zu haben. Meistens ist das in dem Alter auch nicht so problematisch. Es müssen weder Kinder noch Haushalt aufgeteilt werden. Er konzentriert sich jetzt voll auf sein Geschäft und sein eigenes Leben.

Dann erzählt er mir etwas über ein Mitglied, was mich sehr überrascht. Er war geschäftlich bei Wolfgang Drell zu Hause. Wolfgang Drell? Sie wissen, der übertrieben freundliche und erfolgreiche Autor.

„Was willst du denn geschäftlich bei dem?" frage ich verwundet. Also das sind ja zwei vollkommen verschiedene Sparten. Anton verkauft Kleidung und Wolfgang schreibt Bücher. Aber Wolfgang hat ihn zu sich wegen eines Geschäftes eingeladen. Anton ist da natürlich offen und hat Wolfgang besucht. Er hat ihm eine Art Zusatzverdienst angeboten.

Sie kennen diese Schneeballsysteme als Geschäftsmodell? Wolfgang vertreibt ein Produkt was mit Wasser zu tun hat. Ich glaube es ist eine Art Wasserfilter. Das Geschäftsmodell basiert im Wesentlichen auf der Rekrutierung neuer

Mitglieder, welche einem zwangsläufig irgendwann ausgehen. Diese Mitglieder verkaufen das Produkt und rekrutieren auch neue Mitglieder. Jeder der höhergestellten Ebene verdient dann einen kleinen Anteil am Produktverkauf und an dem Verkauf der Lizenz. Denn sie müssen wissen, dass jeder Händler erst einmal eine Lizenz, meistens ein vierstelliger Betrag, erwerben muss. Dort verdient man dann das eigentliche Geld. Das Produkt ist dabei eher zweitrangig.

Der erfolgreiche Autor ist auf derartige Geschäfte angewiesen? Das erscheint mir ziemlich seltsam. Anton ist da recht pfiffig und hat das sehr schnell durchschaut. Er hörte sich Wolfgangs Ausführungen höflich an und verschwand danach auch gleich aus der Wohnung.

Das Verschwinden war eine „gigantische Erlösung" für ihn. Denn, und das überraschte mich noch mehr, die Wohnung war (Zitat:) asozial. Überall Dreck und alles total verschlampt. Keine Ordnung und alles einfach nur liederlich. Es muss grauenvoll gewesen sein.

Dass Wolfgang sein Leben nicht mit Putzen und filigraner Hausarbeit zubringt konnte ich mir denken. Aber einen derartigen Lebensstil hätte ich ihm nicht zugetraut. Das überrascht mich schon.

Anton ist ungefähr eine Stunde bei Wolfgang gewesen. Das ist relativ kurz, wenn man seine Gesprächigkeit sonst bedenkt.

Ich lasse ihn jetzt einmal allein, dass er auch zum Training kommt. Aber diese Informationen muss ich erst einmal setzen lassen.

Nach ungefähr einer Stunde geht Anton und kurz danach kommt Tom Frick. Gut dass die sich verpasst haben. Tom wäre sonst sicherlich wieder beleidigt, da beide nicht zusammen zum Training gegangen sind.

Was war das mit dem Zug?
Sie erinnern sich noch an die Aussage von Torsten Reinhard? Tom stand an den Gleisen und deutete einen Selbstmord an. Zumindest lag es sehr nahe das zu schlussfolgern. Heut komm ich endlich dazu mit Tom darüber zu reden.
Auf meine Frage hin was da denn gewesen war antwortet mir Tom Folgendes: *„Was erzählen die? Das stimmt nicht! Immer diese Lügen. Ich bin dort gewesen und habe Torsten auch geschrieben. Aber ich sagte nur, dass ich traurig bin und allein sein möchte. Nichts weiter! Dann rief ich ihn an und machte vielleicht ein paar Späße dazu. Aber nicht ernsthaft! Das weiß der doch. Das habe ich schon manchmal getan."*
Also jetzt weiß ich es sicher. Tom ist nicht ganz normal. Seine Antwort ist schon in sich ein Widerspruch. Wenn er allein sein will, was ich bei der Geschichte mit seiner Freundin verstehen kann, dann schreibt er auch nicht einem Kumpel. Das macht man wiederum nur, wenn man jemanden zum Reden braucht.
Und diese Aussagen mit dem Zug sind, so denke ich, ein Versuch nach Aufmerksamkeit. So etwas sagt kein normaler Mensch am Telefon. *„Ich könnte hier die Trauer*

gleich beenden. / Wie das wohl ist? / Hier haben sich schon manche vor den Zug geworfen."

Das hat er zu Torsten gesagt. So direkte Äußerungen hat mir nicht einmal Torsten geschildert. Das erfahre ich jetzt erst von Tom selbst. Jetzt finde ich das ja sogar noch extremer als vorher. Das sind eben wirklich ganz eindeutige und klare Aussagen dazu.

Ich habe ihm meine ehrliche Meinung gesagt und er weiß, dass ich die Aktion voll verachte. Er scheint diese Verachtung jedoch zu mögen. Ich glaube er schockt gern um sich in den Mittelpunkt zu rücken. So ist zumindest mein Eindruck. Er genießt förmlich meine Reaktion. So langsam verstehe ich, dass sich Marcel, Anton und Torsten etwas distanzieren.

Vielleicht wollen sie wirklich manchmal ohne Tom sein. Zu verdenken wäre es ihnen sicherlich nicht.

Das sind heut einige neue Eindrücke und Sichtweisen gewesen, welche ich bekommen habe. Teilweise aufschlussreich und teilweise erschreckend. Ich gehe jetzt auch nach Hause und bin schon sehr auf die nächsten Tage gespannt.

Kapitel 2

Das Wetter ist heut noch ungemütlicher als gestern. Es ist zwar etwas wärmer, aber dafür gibt es heute einmal Schneeregen. Immernoch kalt und ziemlich nass. Zeitweise ist der Boden vereist, da die Temperaturen um den Gefrierpunkt liegen. Obwohl das Training ausschließlich im Studio stattfindet ist es heute merklich ruhiger. Die Leute haben einfach keine Lust die Wohnung zu verlassen. Hinzu kommt die Antriebslosigkeit, welche viele Menschen bei diesem Wetter verspüren. Kurz um: Im Sommer zu warm und im Winter zu kalt.

Der Ernst der Familie

Sascha Möller kommt trainieren und erzählt mir gleich von seinem aktuellen Leben. Sie erinnern sich an den letzten Stand des noch jungen baldigen Vaters? Er wohnt bei der Freundin und arbeitet bei der Familie im Unternehmen als Kochlehrling. Zuletzt war noch alles halbwegs gut, wenn man von kleinen Reibereien einmal absieht. Und heute?

„Ich kann nicht mehr drauf auf die. Die will auch nicht mehr. Das kotzt mich an."

Kurz gesagt, es geht um Sex. Sascha will und muss und brauch es. Seine schwangere Freundin hat derzeit allerdings keine Ambitionen, was in den ersten 3 Schwangerschaftsmonaten verständlich ist. Aber Sascha fehlt absolut das Verständnis und die Erfahrung damit umzugehen. Ich glaube auch nicht, dass er Freunde hat mit denen er drüber sprechen kann. Die sind ja alle so sein

Schlag und haben bestenfalls eine Freundin. Oder zumindest die Telefonnummer einer Frau.

Stattdessen berichtet er stolz und mit breiter Brust von seinen Frauengeschichten. Er sagt mit erhobenem Haupt: *"Ich habe zur Zeit drei am Start die mich wollen. Ich muss nur hinfahren. Bei der einen bin ich gestern gewesen. Das war mal wieder richtig geil. Ich wollt es eigentlich nicht. Aber damit muss meine Freundin rechnen, wenn sie mich nicht ranlässt."*

Hm. Eine ziemlich gestörte Einstellung muss ich sagen. Es ist ja nicht so wie bei Kerstin und Steffen. Steffen ist gesund und einfach nur zu bequem. Die Freundin von Sascha hingegen bekommt ein Kind, sein Kind! Ich sage ihm auch, dass diese Art nicht in Ordnung ist. Da muss er als Partner eben einmal zurückstecken.

Gerade Sascha, der als „Chef der Straße" viel auf Verlässlichkeit und Loyalität hält. So quatscht er nämlich immer. Der sagt, dass Freunde zusammenhalten müssen. Er bescheißt nun eine Person, welche ihm vertraut. Ich bin mal gespannt wie lange das gut geht.

Vor allem bin ich neugierig ob er es geheim halten kann. Sascha erzählt gern von sich und stellt sich als etwas Großes dar. Immerhin erzählt er mir hier eine Sache, die er geheim halten müsste. Ich bin wahrlich kein enger Freund zu dem er Vertrauen haben kann. Und er weiht mich umfassend in diese Betrügerei ein. Wer wohl noch alles im Bilde ist? Das ist schon sehr leichtsinnig. Je mehr Leute etwas wissen, desto gefährlicher wird es.

Tanja Erder kommt ins Studio und Sascha fallen fast die Augen aus dem Gesicht. Aber, so glaube ich zumindest, sie ist ein paar Nummern zu groß für ihn. Da wird es sicher nur beim Gucken bleiben.

Das liebe Geld
Tanja erzählt mir von ganz anderen Problemen. Sie wollten dieses Jahr nämlich in den Urlaub fahren. Die ganze Familie, das haben sie sich schon fest vorgenommen. Aber da ist das große Thema des Geldes. Tanja, die noch immer keiner Beschäftigung nachgeht, verwirft die Urlaubsplanung des Geldes wegen.
Natürlich gab es einen kleinen Aufruhr in der Familie. Hauptsächlich von ihrem Mann, der heimlich raucht und somit Geld verschleudert. Nach ihren Erzählungen ist der Streit ziemlich ausgeartet.
Ich kann mir das noch immer nicht vorstellen. Warum ergreift ihr Mann nicht einmal das Wort? Warum geht sie nicht wieder arbeiten? Weshalb verwaltet er das Geld nicht zumindest teilweise mit?
Jedenfalls bleiben sie dieses Jahr zu Hause und verbringen hier ihre Zeit, was nicht schlecht sein muss. Vielleicht habe ich das Glück und ihr Mann erzählt mir auch davon, nur eben seine Version. Aber dafür müsste ich ihn erst einmal sehen.
Das war schon der recht spannungsfreie Dienstag. Insgesamt hatte ich zwei Termine, was sehr wenig ist, und einige Gespräche. Ein paar waren wichtig und manche sehr überflüssig, womit ich Sie auch verschont habe.

Kapitel 3
Es ist wieder freundlicher und die Sonne treibt die Menschen raus und zu uns ins Studio. Der Bewegungsdrang ist da, aber es ist draußen viel zu kalt. Zumindest für die meisten. Also ab zum Studio fahren und sich dort auf die Geräte setzen. Abnehmen ist aktuell vor dem Sommer die häufigste Intension. So auch noch immer bei Melina Reisdorf.

Sommerfigur
Erinnern sie sich an Melina? Die attraktive Frau mit der besonderen Wirkung. Sie ist leicht untersetzt und hat diese verführerische Ausstrahlung. Eben das besondere Etwas. Sie möchte ungefähr 8kg abnehmen und hat unseren Ernährungskurs mitgemacht.
Der Stand ist noch immer wie das letzte Mal. Sie nimmt einfach nicht ab. Es ist allerdings auch offensichtlich weshalb. Sie stellt ihre Ernährung nicht um. Sie belässt alles so wie es ist und hörte sich die gesamte Thematik eben einfach nur an.
Zumindest ist sie ehrlich und nicht deprimiert. Manche Leute machen uns sogar dafür verantwortlich, wenn es mit dem Abnehmen nicht so recht klappen soll. Die sind dann meistens unehrlich was ihre Ernährung betrifft. Melina ist da nicht so und das macht sie auch sympathisch. Ich denke sie weiß auch um ihre Wirkung auf Männer und ist daher im Inneren doch zufrieden mit sich. Denn vorwiegend trainiert sie aufgrund ihrer Eitelkeit. Und so kann sie es etwas

lockerer angehen, denn ihre anziehende Wirkung auf Männer ist unbeschreiblich.
Aktuell flirtet sie mit schönen dezenten aber reizvollen Blicken Anton Beyer an. Er, sonst immer in Gedanken bei der Arbeit, zeigt sich ganz geschmeichelt. Sofort kommt er zu mir und fragt nach Melina.

Die große Veränderung
Natürlich sage ich ihm nichts über sie. Anton fragt klassisch nach dem Name, dem Alter und ob sie einen Freund hat. Ich sage ihm darauf nur: *„Das musst du sie selber fragen."*
Aber das traut sich Anton nicht. Dafür ist er vielleicht doch noch zu jung. Für eine andere Sache hat er allerdings richtig Mut, wenn alles so ist wie er sagt.
Noch einmal zur Erinnerung. Anton vertreibt über das Internet Kleidung. Und das läuft sehr gut. Er macht dies mit einem Kumpel zusammen. Mittlerweile soll es so gut laufen, dass er sogar seinen Job gekündigt hat. Ursprünglich war er Mechatroniker in einer großen Firma. Er hat ganz gut verdient und konnte sich über einen soliden Arbeitgeber freuen. Das hat er aufgegeben! Ein wirklich großer und mutiger Schritt.
Einerseits bewundere ich diesen Mut. Andererseits finde ich es äußerst riskant. Dazu braucht man schon Selbstvertrauen. Aber der Weg zwischen Selbstvertrauen und Leichtsinn ist viel kürzer als man denkt. Für eine geraume Zeit erfolgreich im Verkauf zu sein ist eine Sache. Aber dies über einen längeren Zeitraum konstant zu bestätigen ist etwas anderes. Und genau darauf ist er jetzt angewiesen.

Mir fehlt der Einblick in Zahlen und die Nähe zu ihm und seinen Vorhaben. So kann ich es auch nicht wirklich objektiv Beurteilen. Er ist ja auch noch jung und soll sich ruhig ausprobieren. Wer weiß wo der Weg hinführt.
Allerding sind mir noch andere Dinge bekannt. Ich weiß nämlich, dass seine Firma Leute entlassen will. Vielleicht hat Anton erfahren, dass er einer dieser Mitarbeiter ist und darauf hin, um sein Gesicht zu wahren, vorher seine Kündigung abgegeben? Eine solche Handlung könnte ich mir bei ihm gut vorstellen. Er dreht die Dinge gern so, dass es für ihn gut ausschaut.
Das ist zumindest eine Vermutung von mir. Ob es wirklich so ist weiß ich nicht. Nach Antons Aussage zumindest läuft es einfach so gut, dass er keine Zeit mehr zum arbeiten hat. Natürlich drücke ich ihm die Daumen, dass alles so kommt wie er es sich vorstellt.
Vom angeflirteten Anton zur Flirtmeisterin Kerstin Leipnitz.

Das alte Gespräch
Als ich Kerstin sehe kommen mir sofort wieder ihre Aussagen in den Kopf. Die sexuelle Unbefriedigung und die Sehnsucht nach Männlichkeit. Diese schöne und erotische Frau in ihrer Singlewohnung. Was sie dort wohl in den vielen Jahren der sexuellen Talfahrt in der Beziehung schon so getrieben hat? Ich glaube sie erkennt meine Gedanken ganz genau. Ich bin sicherlich nicht der erste Mann dem sie das erzählt. Sie weiß schon welches Kopfkino dann abläuft.

Hinzu kommt ihr ehrgeiziges gutes Training. Sie ist für viele ein echter Blickfang. Wenn sie ihre reizenden Augen in die Richtung eines Mannes lenkt, dann entsteht Leben in dessen Gemüt. Und ihr Freund zu Hause kann das abblocken! Vielleicht sollte man ihn für so etwas bewundern? Es gibt kaum jemand im Studio, der da wiederstehen könnte. Vielleicht treibt ihr Partner so eine Art Charaktertraining und diese anspruchsvolle Abstinenz gehört dazu? Anders kann ich es mir nicht erklären.
Jedenfalls sollte er sich davon langsam lösen. Ich weiß nicht wie regelmäßig Kerstin andere Liebhaber hatte oder hat. Aber hier im Studio wird sie reihenweise fündig, wenn sie denn möchte. Und es ist nur eine Frage der Zeit bis sie sich mit einem einlässt. Da bin ich mir sicher.
Jetzt kommt eine Frau, die ich sehr lange nicht gesehen habe. Allerdings liegt das mehr an meinen Schichten, da sie schon ein bis zweimal pro Woche zum Sport geht.

Das Vorzeigepaar
Wenn ich von sexueller Unbefriedung spreche, von Kontrolle oder Misstrauen dann möchte man meinen, dass die ganzen Beziehungen hier einfach große Baustellen sind.

Aber ich erzähle Ihnen jetzt von Maika Schwiel. Ihren Mann, Arne Schwiel, kennen Sie bereits. Der groß gewachsene, sympathische und bodenständige Mann, der immer einen gestanden Eindruck macht.
Seine Frau passt richtig gut zu ihm. Maika ist der mütterliche Typ. Sie wirkt einfühlsam und intelligent. Sie

weiß was sie tut und es macht Spaß ihr zuzuhören. In ihrem Leben geht es nicht um Untreue, Lästereien oder andere negative Dinge. Zumindest nicht offiziell.

Es geht um alltägliche Dinge des Lebens. Hier bei uns geht es ihr meistens um ihr Training. Aber nicht zu exzessiv. Gut dosiert, dass es eine sinnvolle Ergänzung des Lebens ist aber nicht dessen Hauptinhalt. Sie ist entspannt und wirkt fröhlich.

Die beiden sind ein gutes Beispiel, dass ein gemeinsames Hobby positiv sein kann. Wenn sie zusammen trainieren haben sie sichtlich Spaß und genießen die Zeit. Eigentlich kann es so einfach sein. Viele der Probleme bei den anderen Paaren, welche sie kennen, entwickeln sich aus Egoismus und Unverständnis für den Partner. Sich ein wenig aus dem Zentrum nehmen und das Leben wird einfach friedlicher.

Mit diesem schönen Eindruck gehe ich nun auch in meinen Feierabend. Heute bin ich gegen 18:00 Uhr zu Hause. Das ist schön, da wir so den Abend gemeinsam verbringen können. Ich schätze das sehr. Denn durch die Spätdienste ist das eben leider nicht die Regel.

Kapitel 4

Bei uns im Studio gibt es viele verschiedene Charaktertypen. Die meisten können sich jedoch irgendwie aufeinander einstellen. Zumindest derart, dass sie miteinander auskommen. Sollte das wirklich einmal nicht möglich sein, dann kann man sich aktiv aus dem Wege gehen.

Allerdings gibt es auch solche Leute, die immer gegen den Strom schwimmen wollen. Die harmonieren nicht nur nicht mit andern. Sie versuchen dann auch aktiv den Kontakt herzustellen, eben damit sie nicht harmonieren. Die brauchen direkt die Konfrontation. Auch bei uns gibt es so einen Typen.

Diskutieren als Lebensinhalt

Theo Stock ist vom ersten Eindruck her ein ganz durchschnittlicher Mensch. Er ist ungefähr 1,80m groß und hat eine Halbglatze. Seinen Körper würde ich eher als normal beschreiben und er ist so gegen Ende 40. Man müsste meinen er ist ein unscheinbarer Typ.

Außerdem ist er ein Störenfried. Und das sehr gekonnt. Stellen Sie sich ein Gespräch vor. Etwas Belangloses. Beispielsweise das letzte Fußballspiel des Heimatvereines. Es lief nicht so gut und darüber wird gesprochen. Jetzt gibt es bei einer Niederlage zwei mögliche Meinungen. Entweder die Mannschaft hat gut gespielt und eben leider nicht gewonnen. Oder die Mannschaft war richtig schlecht und hat die Niederlage verdient.

Welche Meinung hat Theo? Nun, jedem steht seine Meinung zu und jeder kann sie in einem Gespräch offen sagen. Theo scheint seine Meinung allerdings flexibel zu gestalten. Wenn im Gespräch die Mannschaft gelobt wird, dann kritisiert er diese. *„Das ist doch quatsch. Die sind überbezahlt und müssen das einfach können. Es ist wie immer. Die haben keine richtig guten Leute."*
Oder sie regen sich über die Mannschaft auf? Auch dafür hat Theo eine Reaktion. *„Was erwartet ihr denn? Man kann nicht alles gewinnen. Die anderen sind genauso Profifußballer. Es hat eben einfach nicht geklappt. So bleibt es spannend."*
Beide Aussagen können durchaus berechtigt sein. Aber sie sind immer der allgemeinen Meinung gegenläufig. Dass dies jedesmal durch Zufall so ist würde ich ausschließen.
Theo sucht die Konfrontation und liebt die Diskussion. Und das kann sehr anstrengend sein. Darum meiden ihn einige Mitglieder auch. Warum manövrieren sich manche Menschen immer wieder so gern ins Abseits?
Er präsentiert sich zudem mit einer Art Überheblichkeit, welche zusätzlich sehr provokant wirkt. Diese Kombination aus Arroganz und Klugscheißerei ist recht abschreckend. So ist Theo ein Mitglied, welches viele Gespräche führt aber nicht erwünscht ist. Es ist wie mit dem Vorgesetzten. Das Gespräch führt man zwar. Aber in Gedanken sieht man ihn schnell gehend Richtung Tür steuern.
Wenn wir gerade bei abschreckend sind. Wolfgang Drell beglückt uns heut wieder mit seiner Anwesenheit.

Gute Einstellung

Sie erinnern sich an den letzten abschreckenden Eindruck von ihm, den uns Anton Beyer vermittelt hat? Das unseriöse Geschäftsangebot sowie die untypische Art der heimischen Ordnungsgestaltung.

Ich bilde mir nicht gern ein Urteil über andere aufgrund solcher Aussagen durch Dritte. Jedoch sind das schon sehr bedenkliche Dinge, welche ich nicht ganz ignorieren kann. Hinzu kommt sein übertriebenes kommunikatives Verhalten, was nach Kompensation aussieht und unmöglich aus dem Herzen echt sein kann. Zumindest empfinde ich es so. Das ist an sich auch nicht schlimm. Manche Menschen haben es sich im Leben angewöhnt nach außen hin immer freundlich und aufgeschlossen zu sein. Das ist im Grunde auch nicht verwerflich. Nur in ernsthaften Gesprächen ist es nicht immer angebracht. Denn der Gegenüber fühlt sich dann schnell mal nicht ernst genommen. Aber da hat jeder so seine eigene Art.

Nur beobachte ich heute eine andere lustige oder schöne, ich weiß es auch nicht, Situation. Wolfgang unterhält sich mit einer erwachsenen Frau. Sie kommen belanglos in ein oberflächliches Gespräch. Auf einmal schenkt er ihr eine Tafel Schokolade. Er zieht sie aus seiner Tüte, beim Training läuft er immer mit einer Stofftüte durch das Studio, und schenkt sie ihr.

Sie kommt später zu mir und erzählt es. Außerdem sagte er zu ihr: *„Ja! Meine Regel ist: Jeden Tag 3 Menschen etwas Gutes tun. Darum schenke ich sie dir."*

Also ich muss sagen, dass ich diese Einstellung extrem gut finde und er der erste Mensch ist, von dem ich so etwas höre. Vielleicht habe ich mich in ihm geirrt? Warum lasse ich meine Meinung von den Aussagen Antons leiten?
Es kann mir doch egal sein welchen Geschäften er nach geht oder wie unordentlich er ist. Zumindest sollte das nicht meine Meinung über ihn beeinflussen.
Diese Frau, auch wenn es irgendwie seltsam wirkt, war echt glücklich darüber. Sie könnte sich auch selbst eine Tafel Schokolade kaufen. Geld hat sie ganz sicher genug. Aber so eine Geste ist einfach nicht bezahlbar. Und darum ging es Wolfgang. Also man mag über ihn erzählen was man will. Auf seine Art ist Wolfgang zumindest ein sehr interessanter Mensch. Man kann ihn nicht einschätzen. Aber es ist zu merken, dass er nichts Negatives möchte. Also er versucht seiner Umgebung positive Einflüsse mit nicht alltäglichen Dingen zu geben.

Wolfgang ist jemand der überrascht. In seinem Leben läuft sicherlich einiges nicht so optimal. Aber davon ist bei ihm keine Rede. Man könnte ihm unterstellen, dass er aus Stolz schwierige Phasen im Leben für sich behält. Oder aber, und der Gedanke kommt mir erst heut, er erzählt es nicht, weil er die positiven Dinge im Leben beachten will. Und da haben Probleme keinen Platz. Er verdrängt das Schlechte. Wolfgang ist eine sehr eigene Persönlichkeit. Aber eben auch ziemlich interessant.

Ein gefährliches Spiel

Tim Merkser und Barbara Briefmann kommen ins Studio. Beide sind schon lange ein Paar. Aber das wissen Sie ja schon. Barbara ist nicht die klassische Schönheit und Tim hatte schon oft ein Auge auf andere Frauen. Aber Barbara ist eine mit der man durch „Dick und Dünn" gehen kann. Sie ist zuverlässig und eben ein richtiger Kumpel. Und sie unterstützt Tim zu Genüge, da er ja unmöglich arbeiten gehen kann mit diesem Daumen.

Erinnern Sie sich noch an Sandy Schmidt? Ich habe vor einer ganzen Weile von ihr berichtet. Sie ist unscheinbar und auch nicht sonderlich attraktiv. Getrübt wird ihr Auftreten durch das Sabbern beim schnellen Reden. Sie ist eine Liebe, sicherlich, aber eben nicht die klassische Schönheit. Allerdings scheint dies auch nicht ihre Intention zu sein, da sie sich kaum um Aufwertung ihrer Optik bemüht.

Seit geraumer Zeit überschneiden sich die Trainingszeiten von Sandy und Tim immer am Donnerstag. Auch heute wieder. Allerdings sind sie nicht beim Training, sondern in der Sauna. Lange Zeit habe ich mir nichts dabei gedacht. Es ist nicht einmal aufgefallen. Schließlich gehen regelmäßig Leute in die Sauna. Aber heute gab es ein besonderes Ereignis.

Ich gehe in die Sauna um den Aufguss nachzufüllen. Der Ruheraum ist nicht komplett überschaubar sondern etwas verwinkelt. Wenn ich auf dem Weg durch die Männerdusche in diesen Raum gehe, dann kann man mich nicht gleich sehen. Zumindest aus einer kleinen ruhigen Ecke des Ruheraums ist die Sicht verdeckt.

Es ist am frühen Abend und ich gehe da runter. Die Schiebetür ist relativ leise, da sie nur auf Schienen geschoben wird. Die Geräusche die ich dann höre werde ich so schnell nicht vergessen.

Es beginnt mit einem leichten Schmatzen. Ähnlich wie es beim Kosten einer Suppe zu hören ist, nur ohne das bekannte Schlürfen. Dann höre ich das rhythmische Reiben von Textilien. Legen Sie Ihre Hand auf ein Handtuch und schieben Sie diese hin und her. So ungefähr klingt das Geräusch. Neben dem Reiben und dem Schmatzen vernehme ich leichtes Stöhnen. Als Stöhnen direkt kann man es vielleicht nicht richtig beschreiben. Aber es ist ein wohlfühlendes leichtes Raunen der Stimme. Einer männlichen und einer weiblichen Stimme.

Ich höre mir das eine Weile an und mache dann absichtlich ein Geräusch. Auf einmal knallt die Ruheliege auf den Boden und die Stimmen geben ein kurzes „HM!" Oder „Ohm!" von sich. Genau kann ich es nicht beschreiben. Aber es ist eine schreckhafte Reaktion auf meine unerwartete Anwesenheit.

Der Kopf von Tim, nur der Kopf, taucht langsam hinter der Wandecke hervor. Das wallende Haar hängt offen die Schultern herunter. Sein Gesichtsausdruck gleicht jenem eines verschreckten kleinen Jungen den man gerade beim Klauen erwischt hat. Ich schaue nur und deute an, dass ich den Aufguss nachfülle.

Tim schaut mich mit so einem fragenden Blick an. Ich weiß genau was er wissen will. Was habe ich mitbekommen? Habe ich was gehört? Würde ich Barbara etwas davon erzählen? Ich lasse mir natürlich überhaupt nicht in die Karten schauen.
Barbara gibt gerade Kurse und verdient etwas für die Gemeinschaft hinzu. Das ist auch wichtig, denn Tim verdient nicht sonderlich viel.
Ich bin wieder am Tresen oben und im Laufe des Abends, nach den Kursen, kommen Barbara und Tim hoch. Tim kann mich nicht so recht ansehen und ich muss irgendwie grinsen. Eigentlich ist es traurig. Aber wenn man sich Sandy und Tim so vorstellt. Es ist eben auch recht amüsant.
Ich versuche zu erforschen wie lange das denn schon so läuft. Anhand der Anmeldezeiten kann ich sehen wie lange die beiden schon gemeinsame Studiobesuche haben. Also seit wann sie ihre Besuche abstimmen. ...
Es sind knapp 3 Monate. Das ist schon heftig. Ich bin mal gespannt wie lange das gut geht.
Ein wenig abtörnend ist der Gedanke schon, dass sie Derartiges treiben. Ich versuche den Gedanken etwas zu verdrängen. Aber es ist wie ein Unfall. Gewiss nicht schön, aber man muss trotzdem hinschauen.
Mit diesen Eindrücken schließe ich heute das Studio ab und gehe nach Hause. So richtig inspirierend für einen Abend mit der Freundin war der letzte Eindruck zwar nicht. Aber irgendwann ist auch das tief begraben. Mal sehen wann ich die beiden das nächste Mal sehe.

Kapitel 5
Nach diesen sehr speziellen Erlebnissen von gestern habe ich mich psychisch halbwegs rehabilitiert. Dieses Verhältnis von Tim und Sandy sorgt zwar noch immer für einen gewissen Grad an Verstörtheit bei mir, aber ich denke ich krieg das für heute sicherlich verdrängt. Und ich hätte es verdrängen können, wenn nicht das passiert was eben gleich geschieht.

Neue Impressionen
Draußen ist es ziemlich kalt und das Gesicht friert beim Fahrrad fahren leicht ein. Ich bin heute mit dem Fahrrad gekommen und das war wirklich sehr unangenehm.
Warum sage ich das? Sandy kommt ebenfalls mit dem Fahrrad und tritt durch die Tür. Ein vor Kälte leicht erstarrtes Gesicht ist in der muskulären Kontrolle nicht einwandfrei. Das in Kombination mit der Neigung zum Sabbern macht ein Gespräch mit Sandy äußerst unangenehm. Und genau das steht mir gerade bevor.
Sandy hat ein Problem mit ihrer Beitragszahlung. Demzufolge muss ich mich natürlich ihrer annehmen und wir schauen gemeinsam in den PC. Sie kommt mir derart nahe, dass ich wirklich Angst vor ihr bekomme. Angst vor etwaigen Speichelspritzern an mir oder meiner Kleidung. Ich fühle mich regelrecht angewidert, zumal mir die Sache von gestern Abend sehr akut im Gedächtnis ist.
Leider komme ich aus dieser Situation nicht raus. Nach ungefähr 15 Minuten ist das Problem geklärt. Das Gespräch ist vorbei. Jedoch will es nicht abreisen. Das ist nicht mein

Tag. Sandy versucht sich an neuen Ausdauergeräten und bittet mich um Hilfe. Ich helfe gern. Es ist mein Beruf und ich freue mich über die sportlichen Ambitionen unserer Kunden.

Aber auch Anstrengung ist in Kombination mit der Neigung zum Sabbern unpassend, sodass ich wieder arge Probleme mit dem Gespräch habe.

Heute freue ich mich sogar über den Besuch von Gudrun Stein. Ich weiß, dass sie mich sofort einspannt, wenn ich sie bezüglich ihrer Ernährung anspreche. So komme ich aber ideal von Sandy weg. Das Gespräch wird natürlich auch wieder ein Selbstläufer der inneren Frustration. Aber ich habe die Wahl zwischen Sabberangriffen oder unsinnigen Gesprächen. Somit ist die Wahl einfach: Das Gespräch.

Das habe ich nicht erwartet
Aber was ich jetzt zu hören bekomme ist krass. Eigentlich nicht vertretbar darüber zu schreiben. Ich schreibe es trotzdem. Warum? Sie sollen doch einen umfassenden Einblick in jegliche Belange erhalten.

Gudrun hat Probleme. Mit ihrem Mann und ihrem Gewicht, das wissen Sie schon. Dass eventuell etwas mehr dahinter steckt ahnen wir durch Michael Tromper, der das vermutet. Aber darüber redet sie nicht.

 Es geht um etwas anderes. Ihre Probleme mit ihrem Stuhlgang sind nämlich neu. Und dass sie mir davon erzählt ist ebenfalls neu. Gudrun geht aktuell nur aller 4 Tage „zum kacken auf das Klo". Ich schreibe es so direkt wie ich es vermittelt bekomme. Diverse Darmlähmungen stören den

Austritt des Verdauten vehement. Für Gudrun liegt dort ebenfalls das Problem im Punkt Gewichtsreduktion. Wenn es nicht heraus kommt, wie soll sie dann abnehmen? Auf diese Logik fällt mir nicht wirklich etwas ein. Denn sie hat ja theoretisch recht. Und ich will das Gespräch unbedingt beenden.
Ich wünsche ihr einfach nur gute Besserung und Erfolg in der Behandlung. Viel mehr kann ich dazu nicht sagen. Ich wundere mich immer wieder über derartige Offenheit mir oder uns gegenüber.
Endlich kommt mal eine normale Person ins Studio. Zumindest eine, die mir nichts von ihrem Stuhlgang erzählen will und mich auch nicht bespuckt beim Sprechen.

Endlich mal was über sie
Jaqueline Mirelli kommt zum Training. Und von Markus ist heute nichts zu sehen. Das ist auch etwas Neues für mich. Jaqueline allein im Studio? Das gab es wirklich lange nicht. Aber ich finde es gut. Im Grunde war sie die letzten Monate nur Mitglied um Markus hier treffen zu können. Und vielleicht um etwas zu saunieren. Obwohl ich nicht glaube, dass es den beiden da unten um die Sauna geht.
Aber so viel Training ist da heute auch nicht. Jaqueline ist mehr zum quatschen da und kommt mit einigen Mitgliedern ins Gespräch. Darunter ist eine, so scheint es, engere Freundin. Sie unterhalten sich direkt bei mir an der Theke, weshalb ich „zufällig" mithören kann. Ansonsten hätte ich natürlich nicht gelauscht.

Jaqueline berichtet von ihrer Beziehung. Nicht der Affäre oder dem Verhältnis zu Markus, sondern von ihrer tatsächlichen Beziehung. Sie ist sehr unglücklich und erwägt obendrein die Trennung. So etwas kann sie mit Markus kaum besprechen. Bei ihm geht es primär um ihn. Und wenn es mal um sie geht, dann nur um ihren Bezug zu ihm.

Aber mit dieser Freundin kann sie gut drüber reden. Und vor Allem lange, sehr lange. Es klingt ziemlich endgültig.
Jetzt nimmt diese Affäre mit Markus eine ganz andere Situation ein. Denn wenn einer der beiden auf einmal Single ist, dann wird alles etwas komplizierter. Es entsteht eine Art Druck für den Nichtsingle. In diesem Fall für Markus. Würde er sich trennen, dann wären die Treffen viel einfacher und häufiger möglich. Man könnte sich vollkommen frei überall bewegen und zeigen. Sogar Urlaube wären dann denkbar. Markus ist beschränkt und sie hingegen vollkommen flexibel.
Jaqueline kann natürlich neue Männer kennenlernen, was bei Markus sicherlich enorme Eifersucht wecken würde. Es entsteht ein Dilemma. Er würde sich um sie bemühen müssen, kann es aber nur sehr eingeschränkt, aufgrund seiner Beziehung. Jetzt wird die ganze Sache wirklich richtig interessant.
Ob sich Markus auch trennen würde? Ich kann es mir nicht so richtig vorstellen. Er spielt zwar den starken Mann. Aber er ist nicht der konsequente Typ der das dann auch durchzieht. Dafür scheint er zu schwach. Aber ich kann mich da auch irren.

Meist sind es die Frauen, die in solchen Sachen stärker sind. Mal sehen was da kommt.
Und wenn wir schon bei starken Frauen sind. Frieda Reiß beehrt uns auch heute wieder mit ihrem Besuch.

Unbeirrbar
Eigentlich ist sie ein Phänomen. Sie kommt immer zum Sport und macht immer ihr Training. Sie kümmert sich immer um die anderen und merkt sich auch sämtliche wichtigen Belange ihrer Sportgruppe. Auch wenn sie manchmal etwas übertrieben wirkt, so ist sie ein sehr positiver Mensch mit einem ausgeprägten Sinn für Gerechtigkeit. Und sie kämpft. Im Kurs sehe ich oft, dass ihr so manche Dinge weh tun. Entweder die Hüfte oder das Knie. Oder sie hat wieder Probleme mit ihrem Rücken. Aber sie verliert nie ein Wort darüber. Sie will das nicht stark reden und macht einfach weiter.
Das Thema Krankheiten, sie ist immerhin 73 Jahre, steht bei ihr nicht zur Debatte. Sicherlich hat sie ihre Probleme und Wehwechen. Aber sie redet nicht viel davon. Das bringt auch nichts, denn so etwas verstärkt Derartiges nur. Sie würde nie von einem Darmverschluss sprechen oder mir ihre Berichte zum Stuhlgang offerieren. Und dafür bin ich besonders dankbar.
Es ist schön solche ehrgeizigen, motivierten und positiven Menschen im Studio zu haben. Mit diesem letzten Eindruck gehe ich nun ins Wochenende. Ich bin sehr gespannt auf die nächsten Entwicklungen zu Markus und Jaqueline. Und, ein wenig zumindest, auch von Tim und Sandy.

Teil 7

Kapitel 1

Nach den teilweise sonderbaren und auch aufschlussreichen Eindrücken von letzter Woche bin ich sehr auf die Ereignisse in dieser Woche gespannt.
Der Montag beginnt gleich mit einer Frau, welche ich am Freitag zuletzt gesehen habe.

Und es geht weiter
Markus kommt ins Studio und setzt sich im Eingangsbereich in einen Sessel. Er scheint zu warten. Heute ist er weniger gesprächig und tippt etwas abwesend auf seinem Telefon herum. Nach ungefähr 10 Minuten kommt Jaqueline ins Studio. Sie setzt sich dazu und beide reden. Genau genommen redet Markus.
Es gab am Wochenende wieder Streit bei Markus. Es ging wohl um den Sommerurlaub der Familie Feiner. Und jetzt ist Jaqueline etwas irritiert. Ursprünglich sagte Markus, dass er nicht mit seiner Frau in den Urlaub fährt. Heute klingt seine Antwort darauf ungefähr so: *„Ich muss schon mitfahren. Wir haben doch auch zwei Kinder. Was sollen die denken? Die brauchen mich schon. Die allein fahren lassen, das kann ich nicht machen."*
Jaqueline wirkt enttäuscht und genervt. Es scheint eine Mischung der beiden Emotionen zu sein. Dieses hin und her

bei ihm ist sehr aufwühlend für sie. Das merke ich deutlich. Ich kann schwer einschätzen ob Markus überhaupt von ihrem Beziehungsstatus weiß. Wenn ich mich nur an den Gesprächen hier orientiere, dann weiß er es sicherlich nicht so genau. Aber die beiden haben ja auch privat Kontakt.

Jedenfalls tritt nun das ein, was die ganze Affäre problematisch macht. Jaqueline ist vermutlich fast schon getrennt oder auf dem besten Weg dahin. Sie hätte also schon die Möglichkeit und sicherlich auch das Interesse mit Markus in den Urlaub zu fahren und einfach mehr Zeit zu verbringen.
Bei ihm ist das allerdings nicht möglich. So lange er in der Beziehung steckt, auch wenn sie chaotisch ist, wird Jaqueline immer das Nachsehen haben. Lange kann so eine Situation nicht gut gehen.
Beide tuscheln etwas leiser und nicken sich zustimmend zu. Sie gehen runter in die Umkleide und dann in die Sauna. Was in den 2 Stunden da unten passiert kann ich schon ahnen. Obwohl sie nie so ganz allein sind.
Irgendwie ist das hier ihre Beziehung. Sie verbringen Zeit in ihrer kleinen Fitnesswelt und genießen es. Es ist wirklich wie eine Beziehung, nur extrem eingeschränkt. Wie ein Paar verabreden sie sich zu verschiedenen Freizeitbeschäftigungen. Das körperliche ist nur ein kleiner Teil davon.
Mal sehen wie lange Jaqueline diese Einschränkung akzeptiert. Wenn wir schon bei speziellen Beziehungen sind, da ist Sascha Möller ganz passend.

Menschen kommen und gehen

Heute geht es ihm überhaupt nicht um seine Beziehung. Und auch nicht um reden oder dergleichen. Sein Anliegen ist ganz klar.

„Mich kotzt das an hier. Ich kann überhaupt nicht mit meinen Leuten trainieren. Ich schaffe das auch nicht mehr und muss ein Fitti in meiner näheren Umgebung suchen. Lass mich mal raus aus dem Vertrag."

Im Normalfall lassen wir Mitglieder nicht so einfach aus den Verträgen. Auch wir sind auf Umsätze angewiesen und haben nichts zu verschenken.

Allerdings bin ich auch auf ein gutes Klima bedacht. Und da gibt es so einige Mitglieder, die ich gern nicht mehr hier haben möchte. Sie stören zwar nicht aktiv, also gibt es auch keine Gründe die Mitgliedschaft von uns aus zu kündigen. Denn „einfach nicht passend" wäre kein korrekter Grund. Da bedarf es schon mehr. Aber sie haben einfach eine negative Ausstrahlung und man muss sie nicht unbedingt hier haben.

Mit Sascha habe ich mich immer gern unterhalten. Aber er ist und bleibt ein „cooler Checker", der denkt ihm liegt die Welt zu Füßen. Auf fremde Leute wirkt er nicht besonders angenehm. Daher lass ich ihn auch raus. Ich versuche natürlich weiterhin durch andere Mitglieder zu erfahren wie es um ihn und seinem neuen Lebensabschnitt steht. Und er will sich ab und an mal blicken lassen.

Von meiner Seite her bin ich ganz froh, dass er weg ist. Gerade wenn er mit dem einen oder anderen Kumpel trainiert, dann stören die einfach die Ruhe und mindern das

Niveau. Es ist etwas paradox, das ist mir klar. Angenehme Menschen, die sich an Regeln halten und eine gewisse soziale Intelligenz aufweisen, würden wir nicht raus lassen. Solche jungen „Rotzlöffel" allerdings belohnen wir für ihr unbeugsames Verhalten und lassen sie ziehen. Das ist nicht wirklich fair. Aber dennoch machen wir es so. Warum? Weil es eben das Klima verbessert und das Niveau des Studios hebt. Und das ist wichtiger.

Leider werden Menschen mit Fehlverhalten viel zu oft belohnt. Wenn sich jemand unsachlich und lautstark beschwert bekommt er eher ein Zugeständnis als ein bedachter Mensch, der sich zu benehmen weiß. Ich erlebe das im Alltag oft. Es ist traurig, aber es ist so. Mit dieser Gewissheit gehe ich dennoch den Weg, dass ich Störenfrieden gern entgegenkomme, wenn sie vorzeitig kündigen möchten.

Da wir gerade beim Klima auf der Trainingsfläche sind. Es kommt sogleich ein ganz anderer einzigartiger Typ zum Training.

Heute nicht allein

Wolfgang Drell ist wieder da. Er bringt eine junge Frau mit. Wer das wohl ist? So genau sagt er es nicht. Er sagt nur: *„Grüß dich. Na geht es gut? Das hier ist Galina. Sie würde heute gern einmal mit trainieren. Sie zieht jetzt eventuell hier her und möchte nach einem Studio schauen. Ist das OK?"*

Natürlich ist das in Ordnung. Ich überlege ob es seine Tochter oder seine Enkelin ist. Ich will das aber nicht fragen.

Denn je nachdem wie die Antwort ist könnte die Frage beleidigend wirken. Ich werde es im Laufe der Zeit schon irgendwie erfahren.

Er hält sich auch nicht lange auf und zeigt ihr unten gleich alles. Sie verstehen sich ganz gut. Von einer Familie hat er noch nie etwas erzählt. Aber er redet sowieso selten von sich.

Wolfgang hat sichtlich Spaß beim Sport. Er verleitet sie allerdings seine seltsamen Übungen mit zu machen. Jetzt habe ich einen älteren Herren und eine sehr junge Frau die mit Hampelmann und Hockstrecksprünge mitten auf der Gerätefläche hüpfen.

Naja. Ich lasse sie einfach machen. Die Leute schauen zwar etwas verwundert und tuscheln rum. Aber das ist auch irgendwie positiv für uns. Denn sie werden zu Hause sicherlich darüber reden. Und so sind wir in aller Munde und das ist auch eine Art Werbung.

Ich erinnere mich an die Aussagen von Anton. Dass es bei Wolfgang sehr schmutzig zu Hause ist und er scheinbar finanziell gerade nicht so gut dasteht. Zumindest vermute ich das. Allerdings sieht man es ihm nicht an. Seine etwas längeren grauen Haare wirken gepflegt und sein Äußeres ist auch ganz in Ordnung, wenn auch etwas altbacken.

Aber gerade solche eigenartigen Typen haben immer wieder Überraschungen auf Lager.

Heute allerdings geschieht nichts weiter. Beide beenden ihr Training und Galina wird auch Mitglied bei uns. Die werden jetzt wohl des Öfteren zusammen trainieren kommen.

Ich schließe noch zu und verschwinde dann auch.

Kapitel 2

Das Studio ist ein Markt für Freundschaften, Geschäftskontakte, Beziehungen und natürlich auch ein möglicher Treffpunkt für Arbeitnehmer und Arbeitgeber. Da die Mitglieder viel und leicht ins Gespräch kommen ergeben sich so immer wieder besondere Möglichkeiten und so auch Chancen.

Sehr wählerisch

Sie wissen sicherlich noch um die Situation von Tim Merkser? Er kann nicht mehr alles machen, bis auf intensives Training, da sein Daumen eine Schädigung hat. Allerding sucht er eine Beschäftigung nebenbei um seine EU-Rente aufzubessern. Ich kenne mich mit der Regelung nicht genau aus. Aber ich weiß, dass er einen 400€ Job anstrebt, da er wohl so viel hinzu verdienen darf.

Natürlich wäre es angebracht, da er somit seine Partnerin ebenfalls entlasten könnte. Er gibt sich ja schon Mühe sie sexuell nicht zu bedrängen indem er sich mit Sandy ablenkt. Aber etwas finanzielle Unterstützung wäre sicherlich auch nicht verkehrt.

Anton Beyer ist ebenfalls beim Training. Da die beiden recht kommunikativ sind und gern viel reden ist es nur eine Frage der Zeit bis sie in tiefere Gespräche versinken.

Anton hat ja bekanntlich seine Arbeit aufgegeben und betreibt sein Onlinegeschäft jetzt hauptberuflich. Selbst so ist es, so sagt er, noch immer kaum machbar die ganzen Pakete zu packen. Es ist aufwändig, monoton und auch nervig.

Ich kann mir sehr gut vorstellen, dass das keine Erfüllung ist. Neben dem Versand muss ein Abgleich der Zahlungseingänge erfolgen. Außerdem gibt es auch Retouren, die bearbeitet werden müssen. Die Pakete sollten ordentlich verpackt werden und die logistische Übersicht darf auch nicht verloren gehen. So ein kleiner Unternehmer hat dafür auch keine Mitarbeiter oder Maschinen, welche automatisierte Arbeiten verrichten. Es gehört also eine Menge Fleiß, Ehrgeiz und Engagement dazu.
Anton ist sich zudem auch darüber im Klaren, dass er Unterstützung braucht. Denn was passiert, wenn er alles allein macht? Vielleicht schafft er die Bewältigung aller Aufgaben. Aber das große Problem ist, dass sich seine Firma nicht weiterentwickelt. Neue Produkte oder andere Lieferanten. Ein neues Sortiment beispielsweise oder andere absatzoptimierende Maßnahmen. Das alles kann man grob als Entwicklung des Unternehmens beschreiben. Und dafür benötigt man natürlich Zeit und auch Ruhe. Es ist eben der kreative Teil dieser Arbeit.
Wenn das fehlt, dann stagniert die Entwicklung und irgendwann verschwindet man vom Markt. Also sucht Anton Unterstützung. Ganz einfache Arbeiten. Jemand der die Pakete packt und zur Post bringt. Die Arbeitszeit ist relativ flexibel, solange die Ware pünktlich raus geht. Diese Aufgabe bietet er Tim an.
Im ersten Moment dachte ich mir: *„Das ist ja schön. Tim wird sich sicherlich freuen. Die Arbeit ist recht entspannt und die Zeiten kann er sich in einem gewissen Rahmen selbst legen."*

Jetzt gebe ich Ihnen eine zusammenfassende Aussage über die Reaktion von Tim: *„Hm. Das klingt erst einmal gut. Aber wie läuft das mit dem Urlaub? Was ist wenn ich länger brauche? Die Zeiten sind schon nicht ohne. Ich habe ja auch noch den Verein. Und die Urlaubstage finde ich etwas wenig. Also ich würde es versuchen, aber da brauch ich etwas mehr Urlaub. Nächstes Jahr fahren wir allein 4 Wochen im Sommer weg. Ich ruf dich mal an. Ich überlege mir das."*

Also ich muss über die Reaktion einfach nur lachen und Anton auch. Tim tut ja gerade so als wäre er heiß umworben und man müsse ihm schon etwas dafür bieten. Eigentlich wollte Anton ihm einen Gefallen tun und ihm eine leichte sowie flexible Arbeit anbieten. Aber mit der Reaktion hat er nicht gerechnet. Er deutete Tim im Anschluss auch an, dass das Angebot sicher doch nichts für ihn ist. *„Mit dem habe ich doch nur Diskussionen und Ärger. Da hab ich keinen Bock drauf."*

Also ich muss Anton absolut Recht geben. Ich würde das auch nicht machen.

Das Verhalten erscheint mir irgendwie typisch für viele Menschen. Zuerst extrem skeptisch und viel einfordern. Ohne überhaupt erst einmal begonnen zu haben und zu zeigen, dass man verlässlich und gut ist. Also ich bin echt gespannt ob Tim irgendwann von irgendwem eingestellt wird. Wenn er so auftritt kann ich mir das nicht vorstellen.

Vom unmotivierten Arbeiter zum unmotivierten Lebenspartner. Steffen Kaiser kommt zum Training.

Er hat es schon nicht leicht
Seit langem kommt er mal wieder allein zum Training und man merkt deutlich den Unterschied gegenüber den Studiobesuchen mit Kerstin. Er verwickelt sich viel in Gespräche und macht seinen Sport. Seine Fragerei ist fast schon ein wenig nervig. Viele der gestellten Fragen erscheinen mir eher Alibicharakter zu haben. Sie lauten in etwa so: *„Macht es einen Unterschied ob ich zehn oder elf Wiederholungen durchführe?/ Soll ich die Arme so hoch oder so hoch nehmen (Höhenunterschied bestenfalls 2 cm)?"* Steffen ist ja nun schon eine Weile da und kennt das Training. Er erinnert mich etwas an Tom Frick. Heuchelt er sportliches Interesse oder sucht er nur jemand zum reden?

Es dauert nicht lange und wir kommen auf Kerstin zu sprechen. Es ist gleich spürbar, dass da etwas Großes im Verborgenen liegt. Er motzt eigentlich nur rum. Dazu fallen Sätze wie: *„An ihr ist nichts mehr dran. Nur noch zum Sport. Früher hat sie wenigstens noch ordentlich gegessen. Ich habe gar keine Freude mehr."*
Also bei diesen Aussagen kann ich nicht mehr passiv bleiben. Ich finde das Verhalten ziemlich daneben und total egoistisch. Er soll sich doch freuen, dass sich seine Partnerin fit und attraktiv hält. Er kann doch stolz darauf sein.
Und warum muss sie ungesund essen, nur weil es ihm gefällt? Das ist schlussendlich nicht nur eine Frage der Ästhetik sondern auch der Gesundheit. Das ist doch ein positiver Wandel.

Und warum ist er nicht in der Lage sich allein zu beschäftigen? Soll er sich doch auch ein Hobby suchen oder einfach mitkommen. Vielleicht treibt ihn diese körperliche Aktivität allgemein zu einem besseren Wohlbefinden und einer angenehmeren Körperwahrnehmung. So würde vielleicht auch sexuell mal wieder etwas passieren.
Ich sage ihm das natürlich nicht so. Aber ich gebe ihm schon den Hinweis, dass ich seine Meinung absolut nicht teilen kann. Ich sage ihm: *„ Sei doch froh, dass sie was für sich macht. Schau doch mal andere träge Frauen an die sich einfach gehen lassen. Und die Ernährung wäre doch auch für dich wichtig. Du willst doch auch, dass dein Training etwas bringt. Dann mach einfach mit. Das ist doch etwas Gutes."*
Steffen scheint sichtlich genervt, dass ich seine Meinung nicht teile. Aber es bringt auch nichts ihm nach dem Mund zu reden. Er muss einfach erkennen, dass er da falsch liegt und seine Aussagen rein egoistisch motiviert sind.
Wie kann man seinem Partner so versuchen zu beschränken? Sicherlich ist er mit seinen Erfolgen nicht zufrieden. Bei Kerstin geht es eben schneller. Da sie auch von Natur aus sehr attraktiv ist, kommt das Training auch besser zur Geltung.
Etwas genervt über dieses Gespräch gehe ich gleich in den Dienstschluss. Ein wenig tut mir Kerstin leid, da sie schon in einer blöden Situation ist. Der Partner will sie bremsen und gibt ihr kaum körperliche Nähe. Das ist alles sicherlich nicht einfach und wenn sie tatsächlich wo anders ihre Freuden sucht, so wie sie es andeutet, ist es absolut nachvollziehbar.

Kapitel 3

Es ist mal wieder Zeit für einen Frühdienst. Es ist komisch. So etwas wie heute erlebe ich sonst nur im Sommer, da zu dieser Jahreszeit eher Flaute herrscht.

Ich schließe das Studio auf und niemand wartet davor. Kein einziger ungeduldiger Kunde. Und es kommt noch seltsamer. Nach 15 Minuten bin ich noch immer allein. Habe ich etwas verpasst? Es ist ziemlich eigenartig.

Gestern er, heute sie

Die erste Besucherin kommt nach ungefähr 20 Minuten. Kerstin Leipnitz will zum Training. Sie erinnern sich, dass gestern ihr Partner da gewesen ist? Ich spreche sie ganz verblümt darauf an: *„Na, jetzt legt Steffen ja wieder los. Er hat gestern super trainiert."* Die dubiosen Fragen und kritischen Äußerungen gegenüber ihr erwähne ich natürlich nicht.

Kerstin ist auf das Thema Steffen und Training allerdings überhaupt nicht gut zu sprechen. Ihr lächelndes Gesicht verwandelt sich gleich in ein unmotiviertes Häufchen Elend. Kein Wunder, wenn er seinen Unmut auch zu Hause so raus lässt wie gestern hier. Ob sie ahnt, dass er mit uns so offen darüber redet? Ich denke sie vermutet es vielleicht etwas.

Sie regt sich im Gegenzug eben genau darüber auf. *„Er kann mich doch meinen Sport machen lassen. Und was soll das mit der Ernährung? Wenn der rauchen will und Ungesundes isst, dann muss ich das doch nicht auch tun. Das nervt mich richtig!"*

Überhaupt scheint ihr Privatleben aktuell nicht so stabil zu sein. Immer diese Kritiken wegen ihrem Lebenswandel. Hinzu kommen die sexuelle Unterforderung und die Spannungen dadurch.
Ich bin in dieser Sache total auf ihrer Seite. Ihr Mann hat sich so auf sie versteift und eingestellt, dass ihm jede Veränderung zuwider ist. Man muss dabei nochmals betonen, dass es sich um positive Veränderungen für Kerstin als Person handelt. Ja! Kerstin macht was für ihre Figur, ihre Gesundheit und für ihr Wohlbefinden. Das ist auch ein Gewinn für ihn. Sie ist ausgeglichener und geht mit einem tollen Gefühl durch ihr Leben. Wo ist das Problem?

Mittlerweile sind wir fertig mit sprechen und ich beobachte sie ein wenig. Ich finde es toll, dass sie sich nicht beirren lässt. So etwas habe ich in der Form noch nicht erlebt. Sicher, wir haben beispielsweise Gudrun Stein mit ihrem Mann. Auch dort beeinflusst er sie stark. Aber er will sich halt nur bekochen lassen. Er macht ihr keine Vorwürfe solange er sein Leben nicht zu ändern braucht.
Aber Steffen fordert direkt einen Lebensstil nach seinem Vorbild. Und das kann nicht in Ordnung sein. Ich glaube nicht, dass das noch lange gut geht. Irgendwas muss er ändern. Allerdings ging es auch schon über 20 Jahre gut. Ob das schon immer so ist? Mal sehen wie es sich entwickelt.

Kerstin trainiert fleißig weiter und hat auch wieder gute Laune. Nach einer Weile kommt sie mit Melina Reisdorf ins Gespräch.

Neue Motivation
Melina ist noch immer so ein Fall für sich. Sie träumt vom Abnehmen. Ihre Maßnahmen dazu beruhen allerdings auch höchstens auf Träume. Denn real ändert sie nichts. Kerstin ist da ja ein ganz anderes Kaliber. Sie ist eisern und hat ihre Ernährung umgestellt. Und es fruchtete, in relativ kurzer Zeit.
Es ist gut, wenn sich die Mitglieder untereinander auch mal Ratschläge geben. Ich habe die Erfahrung gemacht, dass Erfolgsgeschichten unter den Kunden einen besonderen Ansporn erzeugen. Das liegt wahrscheinlich daran, dass die Mitglieder auf der gleichen Seite stehen. Sie sind normale Freizeitsportler mit alltäglichen Zielen. Die unterhalten sich untereinander auch ganz anders als mit uns. Obwohl ich uns Trainer auch als normale Freizeitsportler betrachte. Die Mitglieder halten uns alle für topfit, kerngesund und immer motiviert. Dass auch wir zeitweise dicker werden und darüber frustriert sind, oder Ungesundes essen und danach über uns fluchen oder manchmal überhaupt keine Lust auf jegliche Art Sport haben, glauben die Leute nicht. Aber es ist eben auch so!
Kerstin erzählt Melina viel von ihrer Ernährung und gibt ihr Ratschläge. Das sind natürlich die ähnlichen Ratschläge wie ich sie gegeben habe. Aber wahrscheinlich vermitteln sich die zwei das untereinander irgendwie besser. Jedenfalls wirkt Melina sehr interessiert und ich habe den Eindruck, dass sie einen Motivationsschub bekommt.
Hätte ich das gewusst, hätte ich es mir einfacher gemacht und sich beide eher vorgestellt. Die Redezeit wäre mir

erspart geblieben und der Erfolg wäre umso besser. Na mal schauen ob es auch tatsächlich zum Erfolg führt.
Jetzt zur Mittagszeit ist es wieder erstaunlich leer. Die beiden verlassen gemeinsam das Studio und ich kann mich sogar ein wenig hinsetzen und entspannen. Aber das hält nur kurz an. Wolfgang Drell kommt wieder mit seiner Tochter oder Enkelin.

Schön zu beobachten
Auch wenn er jetzt wieder auf recht spezielle Art seine Gespräche sucht, so finde ich ihn dennoch sehr positiv. Die beiden haben sichtlich Spaß beim Training und lachen viel. Es ist wirklich schön.
Das laute Gekicher erinnert mich an meine Schulzeit im Sportunterricht. Wenn jemand einen Ball genommen hat und diesen irgendwo hin schoss, dann haben auch alle gekichert. So ist es bei denen auch gerade. Ich habe immer den Eindruck, dass die irgendwelchen Unfug treiben.
Nach ungefähr einer halben Stunde beginnen sie wieder mit ihren eigenartigen Übungen. Wolfgang macht den Hampelmann. Seine längeren grauen und lockigen Haare wehen dabei durch die Luft. Wenn er springt und wieder zu Boden fällt, dann fliegen die Haare ein wenig seitlich und nach hinten weg. Das sieht ziemlich komisch aus, wenn man dazu das runde Gesicht und sein Grinsen betrachtet. Die rote Hautfarbe vervollständigt schließlich das eigenartige Bild.
Aber sie haben Spaß und da ist das auch OK. Immerhin habe ich dadurch auch meinen Spaß und kann mir etwas die Zeit vertreiben.

Wieder etwas ernster
Tanja Erder kommt heute wieder zum Training. Sie macht allerdings nicht so einen aufgedrehten und glücklichen Eindruck. Ich weiß, dass sie so manche Dinge zu bewältigen hat. Und sicherlich werden wir auch gleich darüber reden. Aber ich denke, dass sie sich von Wolfgang in Dingen der Lebenseinstellung etwas abschauen könnte. Vielleicht schenkt er ihr ja eine Schokolade. Sie wäre sicherlich perplex darüber und würde zumindest kurzzeitig alles vergessen.
Solche kleinen Gesten klingen im ersten Augenblick seltsam und unnütz. Aber das tiefe Gefühl eines selbstlosen Aktes sorgt für eine angenehm befriedigende Ausgeglichenheit. Egal ob man diesen Akt erfährt oder an andere Menschen weitergibt. Das Gefühl dabei ist schlicht gesagt einfach schön. Aber in Tanjas Welt dreht es sich leider nicht um solche erfüllenden Dinge. Im Gegenteil, es dreht sich um die kleinen und großen Hindernisse des Alltags.
Das Thema Geld scheint erst einmal abgehakt zu sein. Es gibt darüber sicherlich auch nichts zu diskutieren. Ich denke wenn Tanja eine Entscheidung trifft, dann bleibt es auch so.

Ihr Sohn allerdings wurde tatsächlich in diesen anderen Markt versetzt. Das wollte Tanja ja auf Biegen und Brechen verhindern. Ich persönlich finde das nicht so schlimm. Er kann ja seine Ausbildung dennoch beenden und der neue Markt liegt auch viele näher. Ich verstehe nicht so ganz das Problem mit der neuen Stelle. Aber gut, muss ich auch nicht. Er wurde versetzt und das ist endgültig.

Ihr Einschreiten hat somit eher Negatives bewirkt. Zumindest vermute ich das. Denn wenn die Mutter versucht die Probleme des bald erwachsenen Sohnes zu lösen, dann kommt das immer etwas seltsam an. Tanja sieht es als Schikane an und will eben dagegen vorgehen. Es ist halt auch ihr gutes Recht. Man muss nur alle Konsequenzen dieses Vorgehens akzeptieren.
Weitaus problematischer ist da ihre Tochter, auch wenn sich da noch nichts verändert hat. Sie ist weiterhin ziemlich rebellisch und macht was sie will. Das sehe ich als wirkliches Problem an, denn es ist ungemein schwer in diesem Fall das Richtige zu tun. Mit Verboten arbeiten hilft nicht viel, denn sie wird sich darüber hinweg setzen.
Die entspannten Eltern zu spielen, um so das Vertrauen zu gewinnen kann richtig sein, aber ist zu langwierig. Wenn da wirklich Drogen im Spiel sind geht es relativ schnell und die Leute fallen in ein richtiges Loch.
Es ist schwer von außen darüber zu sinnieren. Am Ende wird sie als Mutter dort eine Entscheidung treffen müssen. Ich wünsche ihr nur, dass es die richtige Entscheidung ist.

Mich beschäftigt ihr Problem schon und ich hoffe sehr, dass Tanja und ihr Mann da irgendwie eine Lösung finden.
 Mein Dienst ist jetzt auch zu Ende und ich mache noch ein wenig Training an den Geräten. Es ist noch früh am Nachmittag und nur wenig Leute sind da. Da bietet sich das an.

Kapitel 4

Heute wird es etwas stressiger als gestern. Es stehen einige Termine im Plan und ich bin allein im Dienst.
Aber so ist es eben. Mal ist viel und mal wenig los. Da der Großteil der Mitglieder einen ähnlichen Tagesablaufe hat, haben wir manchmal Stoßphasen mit richtig vielen Leuten und zu anderer Zeit eben gähnende Leere.

Und wieder einmal
Markus Feiner und Jaqueline Mirelli sind heute auch wieder da. Natürlich kommen sie etwas zeitversetzt um zumindest andeutungsweise einen Zufall aus der gleichen „Trainingszeit" zu machen. Ich wüsste gern ob die beiden denken, dass wir das nicht bemerken? Für so verträumt werden die uns wohl nicht halten. Oder sie sind mittlerweile so blind und leichtsinnig, dass sie sich der Auffälligkeit nicht mehr bewusst werden. Wie auch immer. Jeder halbwegs aufmerksame Gast sieht mittlerweile, dass da mehr läuft.

Heute geht es im Gespräch der beiden mal wieder um Markus. Er scheint sehr sauer auf seine Frau zu sein. Da ist irgendwas passiert. So wie es sich anhört hat sie ihm eine Szene gemacht. Weshalb weiß ich allerdings nicht. Aber seine Worte sind ausgesprochen klar. Er redet sogar von Trennung. Allerdings hat er das schon einige Male getan. Und durchgezogen hat er es dann doch nie.
Er lässt sich lautstark über die Verteilung der gemeinsamen Werte bei einer Trennung aus. *„Die steht dann ohne alles da. Ich hätte das Haus, das Auto und die hat nichts. Ich habe*

alles gekauft und mitgebracht. Da kann sie dann sehen wie sie kommt. Sogar die Kinder wollen zu mir! Die wird sich umgucken."

Also ich halte das für ziemlich dick aufgetragen. Ich glaube nicht, dass sein Verdienst derartig hoch ist. Er verdient schon ganz gut. Aber etwas realistisch sollte Markus bleiben. Dass er mit dieser Aussage übertreibt zeigt auch schon der Fakt, dass seine Frau als Mutter bei einer Trennung, sollte die Vermögenslage wirklich so sein, ganz sicher nicht leer aus geht. Denn einen Ehevertrag hat er nicht. Ich bin mal gespannt wie das weiter geht. Vielleicht bekomme ich dazu noch etwas heraus. Ich denke er will sich einfach als Sieger darstellen. Aber er sollte dabei nie den Sinn für Realität verlieren.

Jaqueline hört lange zu und er scheint langsam entspannter. Sein Herz ist nun leichter, sein Ego bestärkt, jetzt kann es ans Eingemachte gehen. Jaqueline verliert nicht viele Worte und folgt. Es geht natürlich in die Sauna. Wie plump das doch manchmal wirkt.

Ein schlechter Zeitpunkt

Tim Merkser kommt zum Training. Sie erinnern sich sicherlich an dessen Bekanntschaft mit Sandy Schmidt? Es ist wirklich ein ausgesprochen unglückliches Timing. Denn auch Sandy kommt ins Studio. Natürlich etwas zeitversetzt zu Tim. Es soll ja nicht auffallen. Immer das gleiche Spiel. Allerdings kommen sie nicht rauf zum Training sondern verschwinden in der Sauna. Darum auch das schlechte Timing.

Gleichzeitig sind nämlich Markus und Jaqueline da unten. Tim und Markus kennen sich etwas von der Trainingsfläche. Aber sie sind keine eng Vertrauten, sodass sie gegenseitig nichts von ihren Affären wissen. Entsprechend ist natürlich Zurückhaltung geboten. Es soll ja so bleiben.

Ich komme nicht daran vorbei in der Sauna zu schauen wie die jetzt da unten sitzen. Die vier sind auch noch die einzigen Saunagäste. Beide „Paare" haben einen Ort für ihren Rückzug gesucht. Sie wollten ruhige Zweisamkeit. Tim und Sandy liegen stumm nebeneinander. Tim ignoriert sie vollkommen, sodass Markus überhaupt keine Verbindung zwischen den beiden erkennen kann und wohl auch nicht erkennen soll.

Markus ist da schon offener. Er und Jaqueline unterhalten sich sehr privat. Da es allerdings sowieso das ganze Studio weiß oder ahnt tut das auch nichts zur Sache. Allerdings ist allen vieren eine intime Berührung, ein Kuss oder einfach nur Händchen halten verwehrt.

Die Gesichtsausdrücke sind einfach nur köstlich. Tim und Markus unterhalten sich nebenher, eben anstandshalber. Im Inneren weiß ich aber um ihre Gedanken: *„Verschwindet der endlich mal!"*

Das passiert jedoch nicht.

Nach einer guten Stunde gehen Tim und Sandy. Tim muss Barbara irgendwo abholen. Das ist am Donnerstag meistens so. Markus und Jaqueline verlassen ungefähr eine halbe Stunde später das Studio. In dieser letzten halben Stunde sind einige Leute in die Sauna gegangen, weshalb sie nie richtig allein gewesen sind. Das ist heute mal richtig dumm gelaufen. Für alle vier.

Immer das Essen
Mark Schichtler ist zwar jeden Tag da, aber heute mal wieder etwas auffälliger. Warum? Er will immer noch abnehmen. Das scheint nicht verwunderlich, da er das schon lange will und sein Gewicht sich, wie seine Ernährung, nicht verändert. Er erzählt jetzt von diversen Produkten, irgendwelche Booster aus dem Internet, welche die Fettverbrennung um 50%(!) steigern sollen.
Ich sage ihm gleich, sie wissen wie schnell er schmollt, dass er das vergessen kann. Bestenfalls unterstützen die eine sinnvolle Ernährung etwas, aber mehr auch nicht. Und er muss eben seine Ernährung umstellen. Ich frage ihn nochmals nach seinem Essverhalten. Aber er ist schon wieder leicht empfindlich. Ich denke das Gespräch wird unproduktiver.
Ich lasse ihm seinen Glauben und bitte ihn noch freundlich:
„Sag mir mal bescheid wie die Booster wirken. Vielleicht irre ich mich ja auch und die sind wirklich gut."
Sollte Mark sich in den nächsten Wochen wieder dazu durchringen mit mir zu reden, dann bin ich auf seine Aussage gespannt. Ich würde jedoch darauf wetten, dass er mich deswegen nie wieder kontaktiert. Er ist beleidigt und wenn er merkt dass ich Recht habe dann auch genervt. Allerdings werde ich ihn fragen. Das lasse ich mit nicht nehmen.

Das richtige Essen
Es passt ganz gut, dass Torsten Reinhard gerade da ist. Er hat weitere 2 Kilo abgenommen und das alles mit gesunder Ernährung. Er findet Zusatzprodukte ebenfalls unnötig und sein Erfolg zeigt auch, dass es ohne geht. Wenn ich so etwas den Mitgliedern erzähle, dann nehmen die das nicht so richtig auf. Wenn sie es von einem anderen Mitglied hören, dann sind sie vielleicht offener? Mitglieder hören untereinander öfter mal auf Ratschläge als auf Hinweise direkt vom Trainer.
Allerdings nicht Mark. Er ist eher noch beleidigter, da ich Torsten bestätige und ihn eben nicht. Aber Ehrlichkeit ist auch meine Aufgabe als betreuender Trainer. Und da sage ich ihm das. Mark ist allerdings so engstirnig, dass er sich diversen Ratschlägen nicht bedient. Ich glaube das würde er nie tun. Dafür ist er viel zu festgefahren in seiner Unbelehrbarkeit.
Torsten beobachtet Markus und Jaqueline etwas aus der Ferne und, es war zu erwarten, er hat gemerkt, dass da was läuft. Markus und Torsten kennen sich ja auch schon lange vom Sehen her. Er spricht mich natürlich neugierig darauf an. Aber ich sage nichts dazu. Jedoch merkt er an meiner Reaktion sicherlich was ich denke und weiß. Dass die so unvorsichtig sind. Unfassbar!

Heute geschieht auch nichts Interessantes mehr. Ich muss noch immer über die Situation in der Sauna lachen. Einfach mal Pech für alle vier. Was da unten manchmal wohl abgeht wenn die Situation passt? Das wäre interessant zu wissen.

Kapitel 5

Am heutigen Tag soll es einige aufschlussreiche Gespräche geben. Es bahnt sich schon mit der Anwesenheit von Susi Schlenker an, welche immer etwas weiß. Sie ist mit Maria Feiner befreundet, was etwas Licht in diese Trennungsaussage von Markus gestern bringen kann.

Auch eine interessante Variante

Ich frage Susi ganz neutral wie es denn Maria so geht. Ich habe sie einfach lange nicht gesehen und wollte mich deswegen nach ihr erkundigen. Also wirklich ganz ungezwungen und nicht irgendwie verdächtig neugierig.

Sie sagt mir, dass sie gerade viele Probleme mit Markus hat. Natürlich zeige ich mich überrascht. Sie vermutet, dass er sich mit so einer „Tussi" hier im Studio trifft und da etwas läuft. *„So? Wie kommt sie darauf?"* frage ich natürlich. Sie hat die beiden schon einmal zusammen gesehen und eine Freundin, welche hier trainiert, sagte, dass Markus immer lange unten verschwindet wenn diese „Tussi" da ist.
Ich vermute das bezieht sich auf die Sauna. Aha, es ist also auch zu Hause kein Geheimnis mehr. Das war ja irgendwie klar. Aber jetzt weiß ich es endgültig. Markus gibt sich zu Hause relativ uninteressiert, auch an den Kindern. Und er macht gegenüber Maria immer so seltsame Anspielungen, dass er bald Sex haben werde und Dergleichen.
Ob sich Jaqueline ihrer Rolle bewusst ist? Für sie scheint es etwas mehr zu sein. Und Markus versucht eher die Eifersucht seiner Frau raus zu kitzeln. Jaqueline ist für ihn

eher ein Objekt. So klingt das. Zumindest lässt eine solche Aussage darauf schließen.
Ich sage zu Susi: *„Ja. Ich hörte mal was von Trennung bei ihm. Ich wusste aber nicht, dass es so ernst ist. Er sagte eben auch, dass seiner Frau dann nichts gehört und sie leer ausgeht. Das tät mir leid für Maria."*
Jetzt wird es interessant. Susi sagt nämlich, dass Maria alles gehört. Markus wäre total unfähig und kann nicht einmal allein eine Banküberweisung durchführen. (So etwas soll es tatsächlich geben!) Wenn der geht, dann sitzt der ohne Haus und ohne Wohnung da. Für die Kinder wäre es nur schrecklich. Sie brauchen doch einen Vater.
Natürlich gebe ich ihr mit den Kindern recht. Eine Trennung ist immer schlimm in der Hinsicht. Aber was Markus da der Jaqueline erzählt hat ist ja vollkommen irrsinnig und realitätsfern. Mir klingt die Variante von Susi auch durchaus glaubwürdiger.
Allerdings bedeutet das nichts Gutes für Jaqueline. Wenn ich das mal weiter denke, dann ergibt sich Folgendes. Markus übertreibt maßlos über sein gutes Abschneiden nach einer eventuellen Trennung. Auch wenn er keinen Bankautomat bedienen kann ist er, so denke ich, nicht dumm. Würde er sich tatsächlich trennen, dann bekäme Jaqueline diese Lügerei mit. Denn spätestens dann würde sie erkennen, dass Markus ohne jedwedes materielles Beiwerk aus der Beziehung geht. Das muss ihm klar sein.

Also hat er vielleicht nicht vor sich zu trennen? Oder würde es kurz vor der Trennung stehen, dann macht er vielleicht einen Rückzieher? Eben weil er dann merkt, dass Jaqueline die Lügen erkennt. Also es ist auf jeden Fall interessant was da wohl weiter passiert. Ich hoffe Susi kommt jetzt wieder etwas regelmäßiger. So kann ich gut von der anderen Seite, nämlich Maria, Eindrücke erhalten.

Ein offenes Ohr für unser Gespräch hat auch Anton Beyer. „Zufällig" steht er die ganze Zeit in Hörweite. Er ist ja ein sehr neugieriger Mensch, der immer viel von den anderen weiß und auch gern weitergibt.

Ich komme nach einer Weile mit ihm ins Gespräch.

Es läuft noch immer, oder?
Auf Umwege kommen wir auf den letzten Winterurlaub zu sprechen. Anton erzählt mir von seinen ersten Versuchen auf den Ski. Ich frage ihn ob er mit Freunden oder seiner Freundin gewesen ist. Der Urlaub war Ende letzten Jahres und da waren beide ja noch glücklich in ihrer Beziehung. Anton sagt mir, dass er mit seinen Eltern war. Das ist praktisch, weil die dann alles bezahlen!

So? Das macht mich jetzt etwas stutzig. Anton verdient doch gutes Geld. Weshalb bezahlt er dann nicht selbst? Außerdem hat er draußen ein neues Leasingfahrzeug stehen. Also er hat tatsächlich Geld. Das wundert mich schon.

Im weiteren Gespräch erfahre ich dann, dass er noch bei seinen Eltern wohnt. *„Wie machst du das dann mit der Lagerung der ganzen Klamotten?"* frage ich ihn. Er sagt mir dass die im Keller, unter dem Bett, im Schlafzimmer und in seinem Zimmer verteilt untergebracht sind. Jetzt bin ich kurz überrascht.

Natürlich lebt es sich dann leichter mit einem neuen Auto, wenn man sonst keine Kosten hat. Ich ging immer davon aus, dass er eine eigene Wohnung oder sogar ein eigenes Büro hat. Aber, und das sagt er ganz offen, es gibt nichts Dergleichen. Er wohnt zu Hause und muss kein Kostegeld, keine Miete, keinen Urlaub und auch sonst nichts bezahlen. Jetzt bin ich mir gleich nicht mehr so sicher ob das wirklich alles so gut läuft mit seinem Geschäft. Man hat doch ein inneres Streben nach Unabhängigkeit.

Ich muss sagen, dass ich diesen jungen Kerl bis jetzt etwas bewundert habe. Er gibt seinen Job auf und macht sich erfolgreich selbstständig. Sein Umsatz stieg immer weiter und er hat es gut aufgezogen.

Tatsächlich hat er keine Lebenskosten, bekommt alles gemacht und bezahlt nicht einmal seinen Urlaub. Ich bin mir jetzt nicht einmal mehr sicher ob er sein Auto selbst finanziert. Und auch die Geschichte mit der Kündigung von seiner Seite aus stelle ich noch mehr in Frage.

Ich sollte das natürlich mit Vorsicht bewerten. Es muss nicht gleich alles so gegenläufig sein nur weil er zu Hause wohnt. Aber binnen kurzer Zeit stellt sich bei mir gleich wieder das Bild ein, was passen würde. Ein Versuch schnelles Geld zu verdienen und dann zeigt sich wie schwer es doch ist. Wer weiß ob er Tim Merkser wirklich ernsthaft einen Job anbieten wollte. Na ich bin einmal gespannt und werde in diese Richtung noch etwas mehr recherchieren.

Und noch eine kleine Überraschung
Anton hat Glück, dass Theo Stock davon nichts gehört hat. Er kommt gerade rein und geht an uns vorbei. Sie erinnern sich an diesen Mann mit der besserwisserischen Arroganz? Es ist recht amüsant, dass gerade er mit einem anderen seltsamen Typen verwandt ist. Sie kennen Tanja Erder sicherlich noch? Die schöne Frau die ihrem Mann verbieten will zu rauchen. Er tut es allerdings dennoch und geht davon aus, dass sie es nicht merkt.
Die beiden Cousins! Theo Stock und Tanja's Mann sind verwandt. Das war mir ziemlich neu. Sie hatten sich nie irgendwie vertraut verhalten. Man konnte mitunter nicht einmal vermuten, dass sie sich kennen. Sie sind nicht im Streit oder so. Das hätte mir Theo sicherlich gesagt. Das ist wirklich eine Überraschung. Ich könnte mir vorstellen, dass Armin nicht so gern zeigen will, dass Theo mit ihm verwandt ist. Wie schon gesagt, Theo ist ein eigener Typ und in der Gruppe einfach ein störender Part. Da hält man sich gern ein wenig bedeckt. Das sind zwei seltsame Kerle.

Also am besten verstehe ich mich aus der Familie mit Tanja. Da werde ich sie das nächste Mal gleich darauf ansprechen. Mal sehen was sie so zu erzählen hat.

Das Wochenende naht. Eine Woche noch und dann habe ich Urlaub. Ich bin mal gespannt was ich noch so aus Anton raus kitzeln kann. Und die Feiners? Wie entwickelt sich das alles. Ich hoffe ich sehe alle noch einmal vor meinem Frei.

Teil 8

Kapitel 1
Noch diese Woche und dann endlich in den Urlaub. Ich freu mich schon sehr darauf. Natürlich hoffe ich vorab noch die eine oder andere Überraschung über unsere Mitglieder zu erfahren.

Die Enthüllung
Ich habe heute Spätdienst und Wolfgang Drell kommt soeben mit seiner Verwandten zum Training. Ich erledige erst einmal einige Verwaltungsarbeiten bevor ich mich um die Mitglieder kümmere. Die beiden unterhalten wieder das halbe Studio mit ihrem spaßigen Theater. Aber es ist OK. Ich denke nicht, dass sich jemand gestört fühlt. Es ist eher eine Show für alle.
Sowieso ist es witzig das Training der beiden zu beobachten. Kaum ist Wolfgang mit seiner Übung fertig geht er wieder zu ihr. Die scheinen sich wirklich eine lange Zeit nicht gesehen zu haben, bevor sie vor einigen Wochen hier her kam. Etwas skurril ist es dennoch, da sie doch auch mit ihren Freunden oder Freundinnen einigen Hobbys nachgehen kann und nicht immer mit ihrem Vater oder Opa zum Fitness.

Aber gut, das macht es auch sympathisch. Vielleicht hat sie hier noch nicht so richtig Anschluss gefunden und da verbringt sie eben so ihre Zeit.
Ich unterhalte mich gerade mit Torsten Reinhard, er ist heute allein beim Training. Er erzählt mir von seinem BWL Studium und wie gut es läuft. Er hat sich echt positiv entwickelt, sportlich und auch in seiner Persönlichkeit wirklich sehr reif.
Ich sage noch, dass ich ihm die Daumen wegen den Prüfungen drücke. Da schaut der ganz erschreckt über meine Schulter. *„Was ist denn?"* frage ich. Torsten antwortet mir: *„Das ist ja eklig. Schau mal."*
Ich dreh mich um und bin tatsächlich total verdutzt. So wie ungefähr 20 andere Mitglieder, welche unauffällig in die gleiche Richtung schauen. Es ist ein ganz komisches Klima und eine verstörende Situation.
Wolfgang Drell und Galina küssen sich. Nicht etwa leicht auf die Wange. Oder ein etwas übermotivierter Opa-Enkel oder Vater-Tochter Kuss. Es ist ein inniger, gefühlvoller und bewegender Mann-Frau Kuss. Ich weiß gerade nicht was ich denken soll. Verzweifelt versuche ich mir die Situation schön zu reden, da ich ja seine Lebenseinstellung und seinen Umgang mit dem Umfeld vor einiger Zeit noch so gelobt und bewundert habe.
Ich finde seine Philosophie noch immer angenehm und erfrischend. Daran ändert sich jetzt nichts. Aber das Verhalten ist schon extrem deplatziert. Zwischen den beiden liegen mindestens 35 Jahre! Mindestens! Dann ist Wolfgang mit seinem Gesicht, der Altherrenkleidung und

den Altherrenbewegungen -er macht den Hampelmann mitten im Studio- auch einfach so schon alt. Und dieses junge Mädchen. Man könnte meinen er habe sie mit Schokolade hier her gelockt. Sie scheint so jung, dass ihr so etwas passieren könnte.
Sie haben heute diese Schwelle übertreten und damit für sich eine Hemmung gelöst. Denn es passiert ab jetzt ganz oft. Diese Küsse und diese Zuneigung. Es ist komisch anzusehen. Daneben sind Tim und Sandy ein Traumpaar, wäre es nicht nur eine Affäre. Aber das hier ist auch noch echt! Eine Beziehung zwischen zwei Menschen. Ich gehe mal davon aus, dass es sich doch nicht um genetisch verwandte Leute handelt, so wie ich zu Beginn dachte.
Natürlich will ich die Liebe nicht verachten. Und jedem steht zu seine eigene Liebe auszuwählen. Aber irgendwie passt das nicht.

Ein wenig später erfahre ich von einer Kollegin, sie kommt gerade aus dem Kurs runter, wie das zusammenhängt. Ich erzähle ihr natürlich alles und sie antwortet darauf gleich Folgendes: *„Ja. Die kommt aus der Ukraine oder Weißrussland. Irgendwie von dort drüben. Er hat sich bei so einer Agentur angemeldet und dort eine Reihe Frauen getroffen. Am Ende wählte er eine aus, die er mit her nehmen kann. Er fand sie wohl am besten."*
Mal abgesehen davon dass ich so etwas nicht mal eher erzählt bekomme, bin ich extrem verwundert. Dass dieser Mann sich derartiger Mittel bedient? Aber gut. Sie kommt in ein reiches Umfeld und hat ein gutes Leben. Dafür hat er

eine junge Frau an seiner Seite. Wenn es den beiden hilft. Aber wie kann er sich das leisten und zu Hause so verkommen wohnen? Hat Anton da gelogen? Wolfgang wohnt tatsächlich in einer eher mittelmäßigen Wohngegend, was Anton auch schon sagte. Und ich weiß es ganz sicher, denn ich habe seine Kundendaten. Woher nimmt er sich dann das Geld dafür? Das kostet sicherlich nicht wenig.
Ich bin erst einmal vollkommen konsterniert darüber.
Ein wenig später komme ich mit Torsten erneut ins Gespräch. Ich halte mich zurück mit urteilenden Aussagen. Aber es fällt mir schwer. Wolfgang ist eben auch kein junggebliebener älterer Herr. Er ist älter und gibt sich auch so. Ich glaube heute haben sehr viele Leute aus dem Studio einiges daheim zu berichten.
Die Gemüter beruhigen sich so langsam, man gewöhnt sich ja an alles, und der Alltag geht weiter.

Spiel mit dem Feuer
Markus und Maria kommen heute wieder zusammen zum Training. Alles scheint ganz normal zu sein. Sie machen keinen traurigen aber auch keinen überglücklichen Eindruck. Sie sind halt ein Paar und es ist bequemer das so zu lassen. So ist zumindest mein Eindruck mit dem ganzen Hintergrundwissen.
„Gehst du in den Kurs oder machst du unten mit?" fragt Markus ganz freundlich. Sie sagt, dass sie lieber in den Kurs gehen will. Dass die zwei sich so normal unterhalten ist

wirklich erstaunlich. Vielleicht haben sie sich ausgesprochen? Zu wünschen wäre es ihnen.
Der Kurs beginnt und Markus trainiert an den Geräten. Unser Kursraum ist eine Etage weiter oben, weshalb man von diesem aus nicht die Trainingsfläche sehen kann.
Es vergehen ungefähr 5 Minuten des Kurses und, sie ahnen es vielleicht wer jetzt rein kommt, Jaqueline betritt das Studio. Markus wirkt, ich kann es nicht beschreiben, überrascht. Aber gleichzeitig auch so, dass er damit gerechnet hat. Wahrscheinlich hat er Jaqueline angeboten vorbei zu kommen, während Maria im Kurs ist. Er hatte aber nicht gedacht, dass sie tatsächlich auftaucht. Und nun ist sie da. Beide reden hier unten, mal wieder, und Maria ist oben im Kurs.
Sie braucht nur einmal runter auf das WC zu gehen oder den Kurs abbrechen und schon ist hier die Hölle los. Man merkt Markus auch sichtlich sein Unbehagen an. Er redet nicht so frei und schaut auch immer etwas aufgeregt durch die Gegend. Das hat der sich so nicht überlegt. Aber es hat auch sein Gutes. Jaqueline kommt diesmal richtig gut zu Wort. Markus ist eher passiv im Gespräch und mit seiner inneren Unruhe beschäftigt.
Nach einigen Minuten geht es aber dann und Markus stellt sich auf Jaqueline ein, immer mit einem Auge auf der Uhr. Denn das Kursende sollten die beiden nicht verpassen.
Jaqueline berichtet von ihrer Beziehung und ihren Trennungsabsichten, sie hat es also auch noch nicht ganz geschafft. Markus rät ihr natürlich: *„Da trenn dich. Der hat*

doch nichts zu bieten. Was willst du noch von dem? Da musst du durchziehen!"
Also das ist wirklich albern. Er schafft es offensichtlich selbst nicht und rät ihr auf diese Art und Weise? Das kann sie unmöglich ernst nehmen. Was hat er für eine verstörte Selbstwahrnehmung, dass er voller Überzeugung und Manneskraft so etwas empfiehlt? Wohlgemerkt immer ein angstverzerrtes Auge in Richtung der Uhr. Denn wenn die Frau kommt muss Jaqueline verschwunden sein. Das ist klar. Denn sonst bricht hier ein Donnerwetter los.
Das ist wirklich sehr makaber alles. Aber es geht gut! Jaqueline verschwindet und einige Minuten später endet auch der Kurs.
Markus hat zwar kein einziges Gerät berührt und weist daher auch keine körperlichen Anzeichen von Sport auf. Aber das fällt Maria nicht wirklich auf. Warum nicht? Wahrscheinlich, weil er die letzten Monate nie richtig trainiert hat und sie es einfach nicht anders kennt.
Beide gehen in die Umkleiden und verlassen uns für heute. Eine heile Welt für Maria. Markus hingegen? Es ging alles glatt. Aber er ist heute sicherlich um einige Jahre gealtert.

Mein Dienst ist nun auch vorbei. Ich bekomme das verstörende Bild von Wolfgang und Galina nicht aus meinem Kopf. Das wird mich sicherlich noch eine Weile verfolgen.

Kapitel 2

Heute sehe ich das Erlebnis mit Wolfgang von gestern etwas nüchterner. Es ist ja deren Sache ob sie sich aufeinander einlassen, trotz der Altersdifferenz. Wahrscheinlich war ich so extrem geschockt, weil ich sie die ganze Zeit in einem anderen Kontext betrachtet habe, nämlich Opa und Enkelin oder Vater und Tochter.

Dass dieses Ereignis jedoch weitere Neugier weckt ist natürlich vollkommen klar. Torsten Reinhard hat es gestern gesehen, also weiß es heute auch Anton Beyer. Und wie zu erwarten spricht er mich darauf an.

Dinge erklären die man nicht versteht

Ich gebe ihm natürlich keine Auskunft darüber, denn das steht mir nicht zu. Ich bin eher an seinem Leben und seiner Planung interessiert. Sie erinnern sich, dass Anton noch zu Hause wohnt und keine Kosten seines Lebens tragen muss? Und dass dieser Kerl hier seine Selbstständigkeit in höchsten Tönen lobt und gern Tipps für Leben und Erfolg verbreitet?

Wie bereits angedeutet bin ich mittlerweile ziemlich skeptisch was ihn angeht. Daher erkundige ich mich noch einmal genauer. Auf meine Frage hin, ob er denn bald ausziehen will, sagt Anton: *„Naja. Es wäre schon besser. Aber ich habe kaum Zeit um mich um so etwas zu kümmern. Und das Haus meiner Eltern ist ziemlich groß. Wir stören uns da kaum. Es wäre ja dumm das nicht zu nutzen."*

Und dann erkundige ich mich nach seinen Ambitionen mal Miete zu zahlen. Darauf Anton: *„Naja. Ich dränge es meinen*

Eltern nicht auf. Wenn sie was sagen, dann würde ich es tun. Aber ich frage jetzt nicht danach. Da wäre ich ja schön blöd."

Hm. Also das klingt alles etwas verworren. Wenn er auf Arbeit kündigt, dann läuft die Selbstständigkeit sehr gut. Das ist Voraussetzung. Demzufolge sind die Eltern sicherlich involviert. Ich glaube nicht, dass sie diesen Schritt nicht ernsthaft mit Anton besprochen haben. Da wird schon eine Unterhaltung geführt worden sein. Und sie hätten bestimmt nicht zugestimmt, wenn die Selbstständigkeit nicht vertrauenserweckend wäre.

In diesem Zug muss die Eigenständigkeit im Leben doch eine Rolle gespielt haben. Es muss daher doch auch über eigene Lebenshaltungskosten geredet worden sein. Sie hätten dann zumindest aus erzieherischer Sicht Kostegeld verlangen sollen. Einfach deswegen, dass Anton nicht einen von Grund auf soliden Job mal eben unbedacht kündigt.

Oder vielleicht hat er nicht gekündigt sondern wurde entlassen? Dann passt das alles wieder. Die Eltern verzichten erst einmal auf Abgaben und unterstützen Anton bei seiner Lebensplanung. Ich weiß es nicht. Aber so wie Anton alles darstellt klingt mir die Geschichte nicht schlüssig.

Oder aber die Eltern wollen Anton tatsächlich einfach kein Geld abknüpfen, da sie es ihm für sein Leben und sein Auto lassen wollen. Das ist natürlich auch eine Möglichkeit. Aber diese Variante schadet ihm, so glaube ich, mehr als dass sie nutzt. Denn wie soll er dadurch selbstständiger im Leben

stehen? Zumindest versucht er sich immer als bodenständig und umfassend informiert zu geben. Und die Eltern, flüchtig kenne ich sie, würden so eher nicht handeln. Vermute ich zumindest.
Mal sehen was sich bei Anton noch so ergibt. Irgendwie passt das alles nicht so zusammen. Ich denke da sind noch ein paar Dinge, welche ich nicht weiß und die Anton gern geheim halten will. Aber irgendwann kommt alles ans Tageslicht.

Ein überraschender Besuch
Heute zum Abend kommt mal eine Frau, mit der ich nicht zu dieser Zeit gerechnet habe. Gudrun Stein ist da und heute sehr gesprächig. Sie erinnern sich an das belustigende Verhalten zwecks ihres Mannes und dem Abnehmen? Heute erzählt mir Gudrun etwas, was für mich schockierend ist. Etwas, was vielleicht ihr seltsames Verhalten erklärt. Michael Tromper hat es ja damals schon angedeutet, dass bei ihr mehr dahinter steckt.
Wir unterhalten uns belanglos, bis Gudrun von ihrem Sohn erzählt.
Ihrem Sohn, der sich vor einigen Jahren das Leben genommen hat. …

Er hat sich das Leben aus Liebeskummer wegen einer anderen Frau genommen. Sie hat ihn verlassen und er sah keinen Ausweg mehr. Gudrun merkte, dass er besonders hart getroffen war und half ihm als Mutter natürlich. Wie jeder Erwachsene kennt man derartige Erlebnisse und

versucht seine Kinder durchzubringen. In dem Alter haben sie mit so etwas oft wenig bis keine Erfahrungen, sodass sie damit erst lernen müssen umzugehen.
Gudrun hat sich viel Zeit genommen. Aber sie hat es nicht geschafft. Und das nagt sehr an ihr.
Ich muss das kurz setzen lassen. Das Kind zu verlieren ist sicherlich das Schlimmste was einem Menschen passieren kann. Noch dazu auf eine solche Weise ist es gleich nochmal mehr dramatisch. Was muss sich diese Frau für Vorwürfe machen oder gemacht haben?
Hat sie ihn nicht richtig unterstützt?
Hat sie ihn nicht richtig auf das Leben vorbereitet?
Hätte sie es eher erkennen müssen?

Ich sehe ihr Verhalten jetzt in einem ganz anderen Licht. Ich schäme mich fast dafür, dass ich über sie gelacht habe. Also über das Verhalten gegenüber ihrem Mann und das Thema der Gewichtsreduktion.
Ich werde nicht nachvollziehen können was sie durchgemacht hat. Aber ich kann mir vorstellen, dass so ein Erlebnis zu dem Verhalten führen kann, worüber wir uns heute belustigen. Allerdings weiß kaum jemand was sie zu diesem Verhalten bewogen hat. Würden die Menschen davon wissen, dann gingen sie anders damit um.
Mal wieder zeigt mir das Leben, dass seltsame Verhaltensweisen bei fremden Menschen sehr bedächtig beurteilt werden müssen. Und das wir uns sehr hüten sollten in der Entscheidung worüber wir lachen und was wir stillschweigend akzeptieren.

Immer mehr erlange ich die Einsicht, dass seltsame Verhaltensweisen oft von extremen Lebenserfahrungen ausgelöst werden. Lebenserfahrungen, welche so manch anderer sicherlich nicht so durchgestanden hätte.

Ein lockeres Gespräch zum Ende
Nachdem sich die Eindrücke darüber so langsam gelegt haben treffe ich noch Tanja Erder beim Training. Der Fokus bei ihr orientiert sich jetzt wieder an dem Zustand ihrer Beziehung. Noch immer ist sie unzufrieden und es hat sich auch nichts geändert. Ihr „Kurzurlaub" war zwar ein Erlebnis, aber, und das war absehbar, bringt keine grundlegende Erneuerung.
Mir fällt gerade ein, dass sie doch entfernt mit Theo Stock verwandt ist. Da muss ich sie gleich mal darauf ansprechen, da ich darüber ja ziemlich überrascht gewesen bin. Ihre Reaktion: *„Ja. Hör mir auf mit dem. Mein Mann (Rolf Armin) kann sich kaum vernünftig mit dem unterhalten. Weil der immer diskutiert und besserwisserisch ist. Ein furchtbarer Typ. Es gibt auch immer eine ganz seltsame Stimmung wenn er mit da ist."*
Das hätte ich mir fast denken können. Sein Auftreten ist ja auch mehr als nervig und jedesmal gibt er kontra und wiederspricht. So ein richtig aufmüpfiger Stinker eben.

Wir reden noch kurz von meinem Urlaub und mein Dienst ist dann auch beendet. Ich werde später so langsam mit packen beginnen, sodass ich heut kein Training mehr mache. Ich will mich ja nicht stressen.

Kapitel 3
Es ist schon die Mitte der Woche erreicht und lang ist es nicht mehr hin. 3 Arbeitstage noch. Ich bin sichtlich zufrieden und motiviert. Ein richtig vorbildlicher Mitarbeiter. Wenn es nur immer kurz vor dem Urlaub wäre. Wir wären alle produktiver.
Ich bin ganz froh über den gerade auftauchenden Besuch, denn ich wollt schon gern noch ein letztes Update haben.

Heute mal ganz anders
Markus ist heut ganz allein bei uns. Keine Kontrollfrau und auch keine Jaqueline. Nicht mal im Studio sind welche, die in sein Beuteschema passen. Und er ist auch gleich ganz anders. Sie erinnern sich sicherlich an seine letzte Lageeinschätzung: Markus bekommt alles und sogar die Kinder würden zu ihm wollen. So war seine Position.
Und heute? Markus hat diesmal eine sehr sentimentale Phase. Ich merke deutlich, dass ihm das mit seinen Kindern besonders nahe geht. *„Der Große, er ist 12 Jahre, hat schon einen Treffer weg. Der kriegt das ja alles mit. Das ist nicht gut für den. Der Kleine ist da weniger berührt. Aber auch für ihn ist es schwer. Weil der Große seine Macken jetzt auch mehr an ihm auslässt. In der Schule läuft es richtig schlecht und ich weiß auch nicht wie wir das ändern wollen. Die haben keine Disziplin mehr. Das ist alles scheiße."*
Während Markus davon redet stehen ihm sogar Tränen in den Augen. Jetzt zeigt er endlich mal seine ehrliche Seite. Das ist auch gut so. Ich habe mich schon sehr gewundert,

dass ihn das alles nicht berührt und er einfach hier sein Ding macht.

Er gesteht es sogar ein: *„Klar geht mir das ans Herz mit den Kindern. Die Alte ist mir egal. Das hat die selber verschissen. Aber meine Jungs..."*

Hm, noch vor kurzer Zeit betonte er gegenüber Jaqueline, dass alles so rosig für ihn ist. Und jetzt? Man sieht, dass das ein langer und sehr steiniger Weg wird. Ob Markus wirklich diesen Weg wählt und sich trennt? Und ob er etwas aus der Beziehung mitnehmen kann oder doch komplett bei Null anfängt? Oder ist es ihm mit Jaqueline zu kompliziert, da er sich nicht trennen wird? Da müsste er sich allerdings eine neue Liebelei suchen. Denn Markus ist wie er ist. Er braucht das. Kerstin vielleicht?

Ich bin sehr gespannt wie das mit ihm weiter geht. Jedenfalls kippt sein starkes Auftreten so langsam. Wie lang er das so durchhält?

Und jetzt noch das

Jetzt kommt noch Steffen Kaiser zum Training. Er weiß ja mittlerweile davon, dass Markus und Kerstin flirten. Das gefällt ihm natürlich überhaupt nicht. Zumal er ja auch von der sexuellen Frustration seiner Freundin Kenntnis hat. Dass er das nicht einfach mal versucht zu ändern ist mir ein Rätsel. Aber darum soll es hier nicht gehen. Das muss er mit sich ausmachen.

Er schaut Markus richtig seltsam an. Aber er würde nie den Mut aufbringen ihn zur Rede zu stellen. So ein Typ ist er nicht. Er würde auch nie demonstrativ zu Kerstin gehen wenn sie angeflirtet wird. Also einfach mal die Stirn bieten und zeigen: „Hei, das ist meine Frau!".

Lieber schmollt er im Hintergrund und lässt es über sich ergehen. Er muss Markus ja nicht drohen. Das gehört sich nicht und wäre auch ein dummes Verhalten. Aber er könnte zu seiner Freundin gehen, ihr einen Kuss geben und Markus dabei ins Gesicht schauen. Oder so ähnlich. Eben irgendwie zeigen: „He. Mehr als flirten ist nicht!".
Das würde sich auch Kerstin wünschen, das weiß ich. Sie will von ihm als Frau behandelt und wahrgenommen werden. Steffen ist zwar ein lieber Kerl und macht viel für sie. Aber diese Männlichkeit gegenüber einer Frau strahlt er nicht mehr aus. Einfach mal in den Arm nehmen, sich küssen oder liebkosen. Das vermisst Kerstin extrem. Ob es jemals so gewesen ist weiß ich nicht.
Markus jedenfalls ist das vollkommen egal, da er gerade mit sich und seinen Emotionen zu kämpfen hat.
Ich lasse ihn jetzt auch in Ruhe und gehe wieder Richtung Tresen. Jetzt ist es sogar so weit, dass er mir leid tut. Aber auch Maria hat mein Mitgefühl. Dass die beiden nicht einfach mal gemeinsam offen daran arbeiten.

Noch einmal das seltsame Paar
Wolfgang Drell und seine Galina kommen gerade wieder zum Training. Ich weiß nicht woher, aber Markus weiß schon über die beiden bescheid. Jetzt muss sogar er wieder schmunzeln. Es hat eben doch sein Positives. Er denkt sich seinen Teil darüber und beglückwünscht innerlich

Wolfgang. *„Er macht es doch richtig."* kommentiert er. Ja. Eigentlich hat er recht. Mehr gibt es dazu auch nicht zu sagen.

Ich selber akzeptiere es auch. Was bleibt mir anderes übrig und es geht mich auch nichts an. Aber ich werde mich sicherlich nicht an den Anblick gewöhnen, wenn sich diese zwei Menschen küssen. Das ist einfach ein komisches Bild für mich.

Ich sehe auch wie sie albern und sich sichtlich gut tun. Wolfgang fühlt sich, so glaube ich, wieder viel jünger. Und sie genießt das schöne Leben hier und den Luxus, den sie in ihrer Heimat sicherlich nicht hatte.

Aber beide Empfindungen sind vergänglich. Sie wird sich an den Luxus gewöhnen und er an dieses kurze Gefühl der Jugendlichkeit. Und dann wird sich zeigen ob das was für die Ewigkeit ist. Denn beide Empfindungen symbolisieren doch nicht mehr als einen kurzen Ausbruch aus dem Gewohnten, der sicherlich angenehm ist. Aber wenn der Zustand dann normal wird, dann sieht man ob diese Liebe wirklich Liebe genannt werden kann.

Mein Dienst ist nun vorbei und ich muss noch an Markus denken. Wie er sich da wohl rein manövriert hat? Bestimmt ist seine Untreue mit verantwortlich. War sie gerechtfertigt? Trägt Maria eine Mitschuld? Das ist noch eine lange Geschichte. Aber der Eindruck heute hat mir ein paar neue Einblicke verschafft.

Kapitel 4

Es ist der vorletzte Arbeitstag und ich habe noch einige Dinge in der Mitgliederverwaltung zu erledigen. Wenn ich nächste Woche nicht da bin sollte ja alles so weit fertig sein. Ich bearbeite gerade die Kontobewegungen.
Jeden Monat müssen Zahlungseingänge und Bankstornos manuell bei den Mitgliedern erfasst werden.
Häufig gibt es Beitragsstornierungen, die mich immer wieder überraschen. Da sind Mitglieder die wirklich oft einen auf „dicke Hose" machen. Die groß auftrumpfen und die Welt erklären wollen. Und die natürlich von viel Geld reden und sich da besonders hervorheben. Oft höre ich nur zu und denke mir: *„Wenn du wüsstest, dass ich die Zahlungen bearbeite."*
Die meisten Kunden denken, dass so etwas irgendwo zentral bearbeitet wird und wir hier da keinen Einblick haben. Würden sie wissen, dass wir alles sehen, dann wäre so mancher vor Scham versunken.

Ein neues Puzzleteil

Ich bearbeite nun diese Liste und lese folgenden Namen: Anton Beyer. Sein Beitrag ist storniert wurden wegen fehlender Kontodeckung. So!? Das hat mich jetzt wirklich überrascht und ist ein ganz neues Puzzleteil in dem Gesamtkonstrukt „Anton Beyer". Dass bei ihm nicht alles stimmt war mir schon klar. Sie kennen die diversen Widersprüche seiner Geschichten.

Aber dass Anton wirklich Geldnot hat, das hätte ich nicht vermutet. Schließlich hat er keine Kosten zu tragen, außer sein Auto.

Wie der Zufall so will kommt Anton auch zum Training. Ich wage es und spreche ihn direkt darauf an. Wir verstehen uns ja ganz gut und da ist das auch legitim. Die Geschichte die ich erfahre ist abenteuerlich.

„Hör auf. Hier ist eine Scheiße passiert. Ich habe einen Lieferanten für die ganzen Textilien. Ich habe ihm natürlich vertraut und er hat gute Preise. Das Finanzamt hat herausgefunden, dass die Ware nie verzollt wurde. Das krasse dabei ist, dass ich als Kunde verpflichtet bin meine Geschäftspartner darauf hin zu prüfen. Das habe ich natürlich nicht getan. Das wusste ich ja nicht. Jetzt habe ich eine Strafe von 38.000€, die ich erst einmal hinterlegen muss. Und die haben meine Konten eingefroren. Ich kann nichts machen. Ich kann auch nichts mehr im Internet verkaufen, da das ja alles über mein Konto läuft. Wenn die wollen, dann haben die einen echt an den Eiern. Ich kann mir nur Bargeld von Freunden und meinen Eltern leihen."

Das ist krass für ihn. Wenn man das so hört, da müsste er am Boden zerstört sein. Seine Existenz steht immerhin auf dem Spiel! Er nimmt es allerdings recht gelassen.

Dass er da eine Menge Ärger hat ist absolut glaubhaft. Das würde er nicht erfinden. Aber seiner Darstellung der Fakten glaube ich, rein vom Gefühl her, nicht richtig. Wenn er unverzollte Ware bezieht, dann geschieht das doch nicht ausversehen!?

Wie es auch immer ist, Anton versucht es natürlich weniger dramatisch darzustellen. So ist er eben. Nach außen hin muss es immer gut aussehen.
Fakt ist: Er hat diverse Gebühren hinterzogen, welche auch immer, und das ist aufgeflogen. Nun wird sein Unternehmenskonto vorrübergehend stillgelegt bis er 38.000€ bis zur Verhandlung hinterlegt hat. Erst dann wird ihm weiterer Handel erlaubt.
Das ist schon eine sehr dramatische Situation für ihn. Wenn man einmal im Onlinegeschäft wegbricht und dann vielleicht noch negative Bewertungen bekommt, dann kann man ganz schnell komplett weg vom Fenster sein. So schnelllebig ist das da eben. In seinem Fall hat er großes Glück, dass er zu Hause wohnt und keine Kosten hat. Denn wie sollte er diese jetzt auch bezahlen?

Da stimmt die Chemie sichtlich nicht
Ein Glück für Anton, dass Theo Stock davon nichts gehört hat. Er würde mit seiner provokanten Art sicherlich diverse Tipps geben und Hinweise haben wie man das hätte alles umgehen können. So etwas braucht man in diesen Momenten wirklich am wenigsten. Aber es ging ja alles gut und Theo geht ohne zu philosophieren auf die Trainingsfläche.
Ein wenig später beglückt uns Tanja mit einem Besuch. Sie sieht Theo und ihre Mundwinkel fallen nach unten. Man merkt richtig, dass sie absolut kein Interesse an einem Gespräch mit ihm hat und auch seine Nähe nicht wirklich genießt.

Sie geht recht zügig in die Richtung der Umkleiden.
Ihr Training ist heute ausgesprochen zielstrebig. Sie nickt Theo kurz zu und führt ein extrem kurzes Gespräch, ich denke es ging eine halbe Minute. Danach steckt sie wieder ihre Ohrenstecker in die Ohren und legt los. Sie will jegliche Interaktionen vermeiden, da sich Theo sonst einmischen könnte. Und mit Theo direkt will sie sowieso nur das Nötigste sprechen. So schnell geht die Laune den Bach runter. Erst ein Lächeln und dann die falsche Person. Schluss mit Freude.
Ihre Auswahl der Trainingsgeräte ist auch primär an den Geräten von Theo orientiert. Dort wo er ist, da ist sie nicht. Und dort wo er hingeht ist sie gerade fertig.
Es tut mir fast ein wenig leid, dass sie so überhaupt nicht den Sport genießen kann, sondern eher mit dem Versteckspiel zu tun hat.
Aber es lässt sich ganz interessant beobachten. Das ganze Spiel geht ungefähr eine dreiviertel Stunde, bis Tanja dann das Studio wieder verlässt. Zumindest hat sie mir noch einmal kurz zugelächelt und einen schönen Urlaub gewünscht.
Theo befindet sich noch immer auf der Fläche und redet, redet, redet. Aber es sind nie lange Gespräche, was viel über den Wert der Unterhaltungen aussagt.

Ich bin für heute auch fertig. Ich habe noch einige Dinge vorgearbeitet, eben was vor einem Urlaub so ansteht. Noch den einen morgigen Tag und dann ist es soweit.

Kapitel 5

Der letzte Tag ist nun angebrochen. Ich habe Frühdienst und vor der Studioöffnung noch etwas Zeit. Diese nutze ich und schaue mir etwas die lokalen Nachrichten an. Man muss ja informiert sein.

Das kommt mir bekannt vor

Zuerst scheint nichts Aufregendes drinnen zu stehen. Aber dann stolpere ich über eine interessante Meldung.
„...Die Polizei fand in einem Container bei (...) Kleidung und Fälschungen. Nach genauerer Untersuchung handelt es sich um Plagiate verschiedener Markenkleidung. Der wirtschaftliche Schaden der Kleidungsstücke liegt bei ca. 38.000€. Ein junger Mann aus (...) wurde als Besitzer des Containers überführt..."
So ähnlich lautete der Bericht.
Jetzt bin ich kurz wie erstarrt. Das ist natürlich ein ganz großer Treffer. Ich schaue sonst sehr selten in die lokalen Nachrichten. Ich will mich einfach nicht aufregen, daher beachte ich sie weniger.
Aber gerade heute mach ich es. Die Summe, das Alter, der Wohnort und die Ware passen ganz genau zu Anton Beyer. Ich bin richtig geschockt aber auch extrem neugierig. Wenn ich ihn das nächste Mal sehe, dann muss ich ihn unbedingt darauf ansprechen. Das ist ja auch legitim, da ich seine Geschichte kenne und es sich hierbei um eine öffentliche Meldung handelt. Jetzt nimmt die ganze Sache um ihn eine vollkommen neue Dimension an.

Ich find es schon fast schade, dass ich in den Urlaub gehe. Dadurch sehe ich ihn eine Weile nicht. Handelt es sich tatsächlich im ihn? Wie geht es mit der Firma weiter? Was wird er machen, da sein Geschäftsmodel ja nun gescheitert ist? Wie gehen die Eltern mit der ganzen Sache um? Wie wird der Freundeskreis darauf reagieren?
In so einem kleineren Ort wie hier spricht sich das auch schnell rum. Sicherlich werden einige Mitglieder bereits davon Kenntnis haben. Wie reagieren die? Wird das ein großes Thema im Studio? Und wenn es wirklich stimmt. Wie redet sich Anton da raus?
Ich bin noch ganz durcheinander und muss mich erst einmal wieder fangen. Es wird Zeit das Studio zu öffnen.

Hilft es denn?
Heute kommt Mark Schichtler gleich zeitig früh zum Training. Vielleicht ist es sein Booster, der ihn aus dem Bett treibt? Jedenfalls ist das sonst so überhaupt nicht seine Trainingszeit. Sie erinnern sich doch an seine Idee mit dem „Fettbooster"?
Mark wollte und will gern abnehmen und sagt, dass er sich richtig und gut ernährt. Allerdings hat er noch nie über Ernährung mit uns gesprochen. Er wollte sich nicht belehren lassen, da er ja schon lange trainiert und auch alles weiß. Daraufhin stürzte er sich auf Zusatzprodukte, welche die Fettverbrennung wahnsinnig steigern sollen. Ich sagte ihm, dass sowas Quatsch ist. Daraufhin war er schlecht gelaunt und hat mich ignoriert.

Es ist verwunderlich, dass er heute wieder mit mir redet. Immerhin ist erst eine Woche vergangen. Und sein Schmollen ist grundsätzlich ausgedehnter.

Nun, Mark hat in dieser Woche noch keine Erfolge verbuchen können. *„Der Booster wirkt nur, wenn ich die Kohlenhydrate erheblich reduziere!"* sagt Mark. Aha! Welch eine Überraschung!

Genau daran merke ich, dass er nichts verstanden hat. Und dass alle Leute, welche auf diese Weise abnehmen wollen, es nicht verstanden haben.

Wann nimmt ein Mensch ab? Wenn er seine Ernährung so umstellt, dass er weniger Kohlenhydrate aufnimmt. Also die Zufuhr an schneller Energie erheblich reduziert. Das muss Mark also tun. Genau das wollte ich ihm auch die letzten Wochen vermitteln, mit noch einigen anderen fachlich wichtigen Hinweisen. Der Booster funktioniert, laut Hersteller, nur dann, wenn der Nutzer seine Kohlenhydrate reduziert. Fällt ihnen etwas auf?

Wenn Mark jetzt abnimmt, dann nicht wegen diesem Booster, sondern weil er seine Ernährung richtig umgestellt hat! Nochmal! Das ist wichtig. Er beginnt sich richtig zu ernähren. Er ernährt sich so, dass er abnimmt. Auf gesunde Weise. Nebenbei trinkt er ein Getränk. Ein unsinniges Getränk. Aber er nimmt ab. Nicht wegen des Getränkes, sondern wegen seiner Ernährung. So verdienen einige Firmen Millionen von Euro.

Leider wird er diesen Erfolg nämlich auf den Booster schieben, denn erst seit dem Booster nimmt er ab. Auf diese Weise wertet er seine eigene Leistung rapide ab.

Denn er wird sagen: *„Durch den Booster habe ich abgenommen!"* Tatsächlich wird er durch seine Ernährung abnehmen, die er umgestellt hat.
Mal sehen ob es klappt. Wenn ja, dann nehme ich mir Mark aber zur Seite und sage ihm klar, dass der Erfolg nichts mit dem Booster zu tun hat. Überhaupt nichts! Ich bin gespannt.
Leider ist es mit vielen Leuten im Fitnessbereich so. Ein gutes Beispiel ist auch Marcel Sembe, der gerade zur Tür herein kommt.

Erfolg durch Produkte die er nicht nimmt
Marcel ist noch einen Zacken schärfer als Mark. Sie erinnern sich wie er seinen Freunden total begeistert von diversen Produkten berichtete? Wie er seinen Erfolg nur mit diesen Produkten begründet? Von seinem Vater erfuhr ich, dass Marcel diese Produkte nicht konsumiert. Zumindest nicht zu Hause, da dort durch die Eltern alles verband wurde.
Die Anleitungen der Produkte verlangen vom Sportler, dass er regelmäßig isst. Es gibt Ernährungspläne und umfangreiche Tabellen zur Eiweiß- und Kalorienaufnahme. Natürlich, so der Hinweis des Herstellers, muss das Produkt zusätzlich zur Ernährung genommen werden. Die Sportler haben Erfolg. Und warum? Weil sie ihre Ernährung umstellen. Nicht weil sie diverse Kapseln oder Säfte trinken!

Das müssen die Leute verstehen. Und das ist auch unsere Aufgabe im Studio, die sehr sehr schwer ist. Manche wollen

direkt solche Produkte um denen ihren Erfolg, ihre Leistung, zuzuschreiben. Warum?
Marcel ist ein konsequenter Sportler und achtet auf seine Ernährung. Diese Disziplin hat ihm seine Erfolge beschert. Diese Produkte haben sein Geld verschwendet. Aber er fühlt sich wohl damit.
Es ist eben alles ein riesiger Markt mit intelligenten Verkaufsmaschen.
Marcel ist jetzt fertig mit dem Training. Und so kurz vor meinem Urlaub sehe ich noch einmal unser neues Traumpaar: Wolfgang Drell und Galina.

Was andere so sehen
Dass sich beide wieder innig im Arm liegen brauche ich ihnen nicht mehr zu berichten. Es ist mittlerweile im ganzen Studio bekannt und halbwegs toleriert. Seltsame Blicke gibt es zwar noch immer, aber auch diese schwinden immer mehr.
Allerdings achten die Leute schon mehr darauf, wenn sie Wolfgang auf der Straße treffen. Ein Mitglied kommt zu mir und erzählt. *„Ist das nicht furchtbar diese beiden? Ich habe den älteren Herren jetzt erst draußen beim Flaschenpfand sammeln gesehen. Hinten im Park. Da fuhr er mit so einem Wagen und Plastiktüten. Er sammelte sie aus dem Müll."*
Das verwundert mich ja gleich noch einmal. Wolfgang sammelt Pfandflaschen aus dem Müll? Ist er nun erfolgreicher Autor? Verdient er sich durch diverse Geschäfte sein Zubrot? Oder ist er arm wie eine Kirchenmaus und geht draußen auf Pfandsuche? Woher hat

er aber die tausende Euro für diesen „Kennenlerntripp" mit Galina? Das ist mir alles mehr als suspekt. Oder ist das vielleicht ein Projekt für ein neues Buch? Kommt sie doch nicht aus dem Urlaub?
Viele offene Fragen über diesen Mann mit seiner positiven Lebenseinstellung. So richtig mag alles jedoch nicht zusammenpassen.

So endet heute dieser letzte Arbeitstag mit interessanten Erfahrungen. Wie wird sich alles die nächste Zeit entwickeln? Was wird aus Maria und Markus Steiner?

Was wird mit der Firma von Anton und aus Anton selbst? Und was sagt Tom Frick dazu? Er hat es ja schließlich schon immer behauptet.

Und Tanja Erder mit ihrem Mann Rolf? Wird sich das wieder beruhigen und die Familie wieder zusammenfinden? Gerade die Tochter ist noch immer eine Baustelle.

Und Tim Merkser mit Sandy Schmidt? Treibt er das Spiel weiter oder wird Barbara Briefmann irgendwann etwas merken?

Schaffen unsere ganzen Abnehmwilligen ihre Ziele bis zum Sommer? Und wie wird Kerstin Leipnitz mit ihrer sexuellen Lust umgehen?

Wir können gespannt sein.